ブリザード・ミュージック

戚井豊

論創社

ブリザード・ミュージック

写真撮影
タカノリュウダイ（カバー）
伊東和則（本文）
ブックデザイン
ヒネのデザイン事務所＋森成燕三

目次

ブリザード・ミュージック　5
不思議なクリスマスのつくりかた　147
あとがき　282
上演記録　288

ブリザード・ミュージック

THE BLIZZARD MUSIC

登場人物

梅原清吉（小劇場の役者）
ミハル（アクションクラブの役者）
釜石（児童劇の役者）
久慈（ミュージカルの役者）
北上（学生演劇の役者）
水沢（清吉の息子・会社員）
一関（清一郎の妻・主婦）
清一郎（清一郎の娘・ＯＬ）
妙子（清一郎の娘・大学生）
あゆみ（清一郎の息子・高校生）
ますよ（劇場スタッフ）
ふなひこ
鮫島金四郎

※この作品は、宮沢賢治作『農民芸術概論綱要』『永訣の朝』（筑摩書房）を引用しています。

1

遠くで、風の音がする。風は次第に激しくなり、舞台は次第に暗くなる。と、暗闇の中に、文字が浮かび上がる。続けて読むと、

――若人よ来たれ！　君もクリスマスに芝居をやらないか！　緊急オーディション！　十二月十九日シアタームーンライトにて！　プロデューサー・梅原清吉！　待ってるぜ！

舞台が明るくなり、風の音も消える。
十二月一日の夕方。
舞台上には、外国の屋敷のようなセットが建っている。そこへ、あゆみ・ますよ・ふなひこがやってくる。

ますよ　すいませーん！　すいませーん！
あゆみ　どなたか、いらっしゃいませんかー！　お客さんですよー！

ますよ　誰もいないみたいね。
あゆみ　ますよ、ちょっと奥を見てきてよ。
ますよ　えー？　私がー？
あゆみ　じゃ、ふなひこが行ってきて。三分以内に、劇場の人を連れてこなかったら、夕食抜きね。ヨーイ、ドン。
ふなひこ　ウオー！
あゆみ　ちょっと、ふなひこ。ふなひこってば。
ふなひこ　ウオー！
ますよ　あんた、さっきから何吠えてるの？
ふなひこ　吠えてるんじゃないよ。感動してるんだよ。
ますよ　どうして？　この劇場には、前にも来たことがあるんでしょう？
ふなひこ　あるけど、いつもは客席に座って、舞台を見る方じゃない。でも、今は舞台の上。見る方じゃなくて、見られる方。
あゆみ　誰も見てないわよ。客席は空っぽ。
ふなひこ　でもでも、客席がいっぱいになって、お客さんの視線が全部俺に集まったとしたら、俺もう死んでもいい。
あゆみ　まさかとは思うけど、あんた、おじいちゃんのお芝居に出たいって言うんじゃないでしょうね？
ふなひこ　んー。

ますよ　その顔は、もう出るって決めた顔だ。
ふなひこ　だって、俺も一応役者だし。
ますよ　何が役者よ。高校演劇の分際で、偉そうな口叩くんじゃないの。
あゆみ　へえー、ふなひこは、おじいちゃんがお芝居をやることに賛成なんだ。
ふなひこ　姉ちゃんは反対なの？
あゆみ　当たり前でしょう？　いくら年寄りはワガママだって言ったって、物には限度があるのよ。家族に内緒で、こんな広い劇場を借りちゃって。
ふなひこ　ウチの演劇部だって、いつもこれぐらいの所でやってるよ。
あゆみ　あんたは若いからいいわよ。おじいちゃんはいくつだと思ってるの？
ふなひこ　九十歳。
あゆみ　そんな年寄りのかすれ声が、あんな後ろの席まで届く？
ますよ　おじいちゃん、役者はやらないんじゃない？
あゆみ　わからないわよ。あの人、目立ちたがり屋だもの。
ますよ　それはまずいよ。こんな所で一週間も演技したら、おじいちゃん、ミイラになっちゃうよ。
あゆみ　ますよ。

そこへ、清一郎と妙子がやってくる。

清一郎　あゆみ、劇場の人はいたか。

あゆみ　ふなひこ、奥は見てきた？
ふなひこ　俺は今、姉ちゃんたちと話をしてたから。
ますよ　何言い訳してるのよ。残り時間は、あと一分よ。
ふなひこ　うわー、ちょっと待って。

ふなひこが走り去る。

あゆみ　お父さん、事務所の方はどうだった？
清一郎　契約書を見せてもらってきた。親父のヤツ、キャッシュで五百万も払ってやがった。
ますよ　五百万も？
清一郎　一日七十万、七日で四百九十万だ。それだけあれば、百回はゴルフに行けるぞ。
あゆみ　カラオケだったら、千回は行けるわよ。
清一郎　それがどうして芝居なんだ。あまりにいきなり過ぎるじゃないか。
あゆみ　キャンセルはできなかったの？
清一郎　本人じゃないとダメなんだそうだ。それに、もしキャンセルしても、金は半分しか返せないって。
あゆみ　半分だって大金よ。なんとかおじいちゃんを説得して、キャンセルしてもらおう。
ますよ　ちょっと、お母さん、どうしたの？
妙子　別に。

ますよ　でも、目がとろんとしてるよ。まるで、お酒でも飲んだみたい。
妙子　ますよ、舞台って、いいわね。
ますよ　いいって、何が？
妙子　見ず知らずの人間が、こんなにたくさん集まって、一つのものを見るわけでしょう？いつもは全然違う場所で暮らしてて、全然違うことを考えてるのに、お芝居を見てる間だけは、一緒に笑って一緒に泣く。
あゆみ　つまらなかったら一緒に寝るのよ。
妙子　満員のお客さんがいっぺんに寝たら、イビキが凄いでしょうね。
清一郎　親父が芝居なんか作ったって、そうなるのがオチなんだ。
妙子　でも、いっぺんに拍手してもらえたら、きっと気持ちいいですよ。
清一郎　バカなことを言うな。

そこへ、ふなひこが戻ってくる。後から、鮫島金四郎がついてくる。

ふなひこ　呼んできたよ。
清一郎　(鮫島金四郎に）お忙しいところをすいません。私、梅原清一郎と申します。（と名刺を差し出す）
鮫島金四郎　(受け取って）あれ？　もしかして、おじいちゃんのご家族？
清一郎　ウチの父をご存じなんですか？

鮫島金四郎　ご存じってほどでもないけど、話は何度もしてるから。
清一郎　父は、何度もこちらへお邪魔してるんですか？
鮫島金四郎　ええ、半年ぐらい前からちょくちょく。
ますよ　半年前って言ったら、ちょうど退院した頃じゃない。
あゆみ　あんたは口を出さないの。
鮫島金四郎　最初はただのお客さんだったんですけどね。（指さして）あの、二階の一番端の席、あの席にいつも座ってまして、「あのじいさん、今日も来てるよ」って評判になってたんです。
清一郎　評判になるほど、よく来てたんですか。
鮫島金四郎　芝居がハネても、なかなか帰らなくて。僕らが片付けをしてるのを、あの席からジッと見てるんですよ。そのうち、仕込みにまで来るようになって。
妙子　すいません、仕込みっていうのは？
鮫島金四郎　公演が始まる前の準備ですよ。大道具を建てたり、あかりを吊ったり。
妙子　（上を見て）ああいうのって、いちいち吊ったり下ろしたりするものなんですか？
鮫島金四郎　そりゃそうですよ。芝居が変われば、あかりも変わりますからね。新しい劇団が来るたびに、一から吊り直すんです。
妙子　結構めんどくさいんですね。
鮫島金四郎　そう言っちゃえばそうなんですが。
妙子　しかし、そうやって何でも一から作るからこそおもしろい。

鮫島金四郎　奥さん、わかってるじゃないですか。

清一郎　（咳払いをして）そんなところへ年寄りが紛れ込んだりして、ご迷惑だったんじゃないですか？

鮫島金四郎　いや、見てる分には邪魔になりませんからね。一番前の席に座って、一日中キョロキョロしてましたよ。「おもしろいか」って聞いたら、「おもしろい、勉強になる」ってニコニコしてました。

ますよ　勉強になるって、どういうこと？

あゆみ　ますよ。

鮫島金四郎　僕もそう思って聞いてみたんですよ。そうしたら、「実は今度、この劇場を借りて芝居をやるんだ」って。「あのじいさん、やっぱりボケてるよ」って笑ってたんですが、まさか本当に借りるとはねえ。

清一郎　そこなんですけどね。ウチの父は、芝居なんて全くやったことがないんです。東京へ出てくるまでは、見たこともなかったはずなんだ。そんな人間がいきなりやって、なんとかなるものなんですかね？

鮫島金四郎　さすがに一人じゃ無理でしょう。でも、おじいちゃん、言ってませんでした？　オーディションをやるって。

あゆみ　それが、私たち家族には何も言ってくれなかったんですよ。新聞で広告を見つけてビックリしたんです。

鮫島金四郎　じゃ、あの人はお孫さんじゃないんだ。

あゆみ　あの人って、誰ですか?
鮫島金四郎　おじいちゃんがたまに女の人を連れてくるんですよ。二十四、五じゃないかな。てっきりお孫さんだと思ってたんだけど。
ますよ　それってもしかして、おじいちゃんの愛人じゃない?
ふなひこ　ますよ。
ますよ　なんだよ。
ふなひこ　なんでもないです。
あゆみ　お父さん、ますよの推理は当たってるかもよ。おじいちゃんは、きっとその女にたぶらかされたのよ。「おじいちゃん、私、お芝居がしたいの。でも、お金がないの」って。
ますよ　それで、すっかり鼻の下を伸ばしたおじいちゃんは、喜んで五百万を出したと。
鮫島金四郎　それはないんじゃないかな。おじいちゃんは、自分も役者をやるって言ってたし。
清一郎　本当ですか?
鮫島金四郎　役者だけじゃありません。脚本も書いて、演出もするって。
清一郎　冗談じゃない。九十の年寄りに、そんなことができるわけないでしょう。何が脚本も書いてだ。年賀状だってロクに書かないくせに。
鮫島金四郎　いや、脚本はもう書いてあるそうです。
清一郎　まさか。
鮫島金四郎　なんでも、学生時代に友達とやることになって、一度だけ書いたって。
ふなひこ　じいちゃん、芝居をやってたの?

鮫島金四郎　稽古はしたけど、上演はできなかったらしいよ。本番直前で何かあって。
ふなひこ　そうか、そうだったのか。じいちゃんは、若い頃に果たせなかった夢を、死ぬ直前に果たすつもりなんだ。
ますよ　死ぬ直前とは何よ。あと一年はもつわよ。
あゆみ　ますよ。
妙子　でも、なんだかロマンチックね。おじいちゃんは、忘れていた夢を思い出したのよ。
清一郎　七十年も経ってか？
あゆみ　ボケちゃったんじゃない？　そろそろ危ないとは思ってたんだけど。
妙子　違うわよ、あゆみ。おじいちゃんは、二十歳の頃の自分に戻ったのよ。
清一郎　戻る必要なんかない。年寄りは年寄りのまま、静かにお茶でも飲んでればいいんだ。
ふなひこ　ひどいこと言うなよ。じいちゃんだって、やりたいことをやる権利はあるだろう？
清一郎　何が権利だ。家族の迷惑も考えないで、勝手なことばかりやってるくせに。
ふなひこ　俺は、別に迷惑だなんて思ってない。じいちゃんが手伝えって言うなら、裏方だってなんだって手伝う。
あゆみ　カッコつけるんじゃないの。本当は舞台に出たいくせに。
ふなひこ　そりゃ、できれば出させてもらいたいけど、ダメなら裏方でも構わない。十二月十九日なら、期末試験も終わってるし。
ますよ　私も冬休みに入ってるな。
ふなひこ　姉ちゃんも手伝うの？

ますよ　大学生は暇だからね。それに、オーディションにどんな人が来るか楽しみじゃない。テレビに出てる人が来るかもしれないし。

ふなひこ　（あゆみに）姉ちゃんは？

あゆみ　会社は大学ほど暇じゃないの。

ますよ　毎晩飲み会で忙しいもんね。たまには、デートでもすればいいのに。あ、彼氏がいないから無理か。

あゆみ　ますよ。

清一郎　ちょっと待て。俺は、手伝っていいとは言ってないぞ。

ますよ　どうしてお父さんの許可が必要なの？　別にアルバイトをするわけじゃないのよ。

清一郎　これは家族全体の問題だ。

ふなひこ　じいちゃんがどうしてもやりたいって言うなら、喜んで手伝ってあげるのが家族じゃないか。

清一郎　それがくだらない芝居でもか。

ふなひこ　芝居はくだらなくないよ。

清一郎　親に口答えするな。ダメだと言ったらダメなんだ。

妙子　でも、あなた、私たちが反対しても、おじいちゃんは一人でやろうとしますよ。

清一郎　だったら、一人でやらせればいいじゃないか。どうせ途中で諦めるに決まってるんだ。

ふなひこ　どうして「がんばれ」って言ってあげないいんだよ。じいちゃんは父さんの父さんだろう？

清一郎　俺の親父だから許せないんだ。とにかく、俺は反対だ。絶対に反対だからな。

清一郎が去る。

妙子　ふなひこ、お父さんに向かって、ああいう言い方はないでしょう？
ふなひこ　じゃ、母さんも反対なの？
妙子　んー。
ますよ　その顔は、私もやりたいって顔だ。
妙子　やっぱりまずいかしら？
あゆみ　お母さんにまで裏切られたら、お父さん、拗ねるわよ。
妙子　でも、おじいちゃんに何かあったら心配だし。
ふなひこ　俺は手伝うよ。どうして九十の年寄りが芝居をやっちゃいけないんだよ。（鮫島金四郎に）芝居をやるのに、資格なんかいらないでしょう？
鮫島金四郎　まあねえ。
ふなひこ　いざとなったら、この人に助けてもらえばいいじゃない。
鮫島金四郎　急にそんなこと言われても。
ますよ　いいでしょう？
鮫島金四郎　鮫島金四郎です。なんでも聞いてください。
ふなひこ　よし、がんばるぞ！　でも、一番がんばらなくちゃいけないのは、じいちゃんなんだよな。

あゆみ　問題は心臓ね。下手をしたら、また入院てことになるわよ。

ますよ　役者が舞台の上で死ねたら本望じゃない。

あゆみ　ますよ。

ふなひこ　大丈夫だよ。じいちゃんが借りた一週間の一番最後の日は、十二月二十五日じゃないか。

ますよ　そうか、クリスマスだ。

ふなひこ　昔から決まってるんだよ。クリスマスは、ジジイのがんばる日って。

妙子・あゆみ・ますよ・ふなひこ・鮫島金四郎が去る。

2

十二月十九日の朝。
ミハル・釜石・久慈・北上・水沢・一関がやってくる。ミハルはマイクを持っている。

ミハル　受験番号一〇〇一番、一関真紀。

一関が前に出る。

一関　東京都板橋区出身、二十一歳。大学入学と同時に、学内の演劇サークルに入団。以来三年間、すべての公演で主役を演じる。てことは、演技にはかなり自信があるんですね？
ミハル　自信がなければ、オーディションなんか受けたりしません。ただ——
一関　ただ、なんですか？
ミハル　私はもしかしたら、カエルなのかもしれない。
一関　カエル？　私には、人間に見えますけど。
ミハル　確かにウチのサークルでは、私が一番うまいですよ。でも、本当の実力は、外へ出てみ

ミハル　なければわからないでしょう？
一関　わかった。「井の中の蛙」ってことですね？
ミハル　ちょっとやそっとじゃ挫けません。カエルだけに、怒られてもケロっとしてる。なんちゃって。
受験番号一〇〇二番、釜石肇。

釜石が前に出る。一関は後ろに下がる。

ミハル　鳥取県鳥取市出身、二十九歳。大学在学中に、友人たちと劇団を旗揚げ。明石スタジオ、シアターモリエールなどの小劇場で活躍。来年は、学生時代からの夢だった、紀伊國屋ホールに進出が決定。
釜石　いや、俺はもう辞めたから。
ミハル　辞めた？　劇団を辞めたんですか？
釜石　俺のやりたい芝居とは、違ってきちゃったからね。
ミハル　よくありますよね。メジャーになるに従って、お芝居の中身より金儲けに走る劇団て。
釜石　そういうの、嫌いなんだ。
ミハル　芝居は、金儲けの手段じゃないでしょう。
釜石　いいこと言うなあ。
ミハル　三度の飯より、芝居が好きです。芝居のためなら、一日一食で充分。

ミハル　受験番号一〇〇三番、北上順子。

北上が前に出る。釜石は後ろに下がる。

ミハル　長野県上田市出身、二十八歳。大学卒業後、新聞の求人欄を見て、児童劇団に入団。全国各地の小学校を回る。

北上　全国じゃないよ。沖縄と佐渡は行ってない。

ミハル　でも、他は全部行ったんでしょう？　お芝居しながら旅行できるなんて、楽しいだろうなあ。

北上　それが全然楽しくないんだ。

ミハル　どうして？

北上　だって、移動はいつもトラックだよ。景色を見たり、温泉に浸かったりしてる暇は、一瞬もないんだ。おかげで、男みたいに日焼けしちゃった。

ミハル　でも、カッコイイですよ。ターザンみたい。

北上　だから、女の役をやらせてもらえなかったのかな。

ミハル　受験番号一〇〇四番、久慈正信。

久慈が前に出る。北上は後ろに下がる。

ミハル　大阪府豊中市出身、二十七歳。小学校の時に見た『里見八犬伝』の真田広之に憧れて、ジャパン・アクション・クラブに入団。カッコイイ！　やっぱり、空手とか太極拳とか、できるんでしょう？

久慈　いや。

ミハル　え？　でも、バック転や大車輪は——

久慈　いや。

ミハル　え？　でも、せめて逆立ちぐらいは——

久慈　いや。

ミハル　そんなあ。アクションて、飛んだり跳ねたりしないんですか？

久慈　俺はやられ役専門なんだ。殴られて気絶する演技なら、誰にも負けない。

ミハル　でも、これからやるお芝居には、暴力シーンはありませんよ。

久慈　そうなのか？　まあ、いい。真田さんだって、最近はアクションなんかやってない。俺もこれからは演技で勝負だ。

ミハル　受験番号一〇〇五番、水沢瑠璃子。

水沢が前に出る。久慈は後ろに下がる。

ミハル　東京都調布市出身、三十歳。高校卒業後、宝塚歌劇団に入団。『ベルサイユのバラ』『風と共に去りぬ』など、数々のミュージカルに出演。どうして途中で辞めちゃったんですか？

水沢　恋よ。私は女優として生きるより、女として生きることを選んだの。

ミハル　でも、その選択は失敗だった？

水沢　ある晩、鏡を見て思ったのよ。私、このまま、おばさんになっちゃうのかなって。

ミハル　女ですからね。おじさんにはならないでしょう。

水沢　でも、女優は違う。舞台の上にいる限り、いつまでも年を取らずに済む。

ミハル　それで、カムバックを決意したんですか？

水沢　私は二十。死ぬまで二十だからね。そこんところ、よろしく。

ミハル　以上五名、全員合格です。

一関・釜石・北上・久慈が前に出る。ミハルはマイクを片づける。

釜石　今、なんて言った？

ミハル　だから、全員合格です。

久慈　嘘だろう？　まだ何もやってないじゃないか。

水沢　ダンスをちょこっと踊っただけよ。

ミハル　物足りないですか？

水沢　ていうか、普通オーディションて言ったら、科白を読んだり、エチュードをしたりするでしょう？

ミハル　エチュードって？
水沢　即興演技よ。あなた、そんなことも知らないの？
ミハル　すいません、まだ不慣れなもので。じゃ、そのエチュードっていうの、やりましょう。
水沢　私、見てますから、どんどんやってください。（水沢に）さあ、どうぞ。
　　いきなり言われてもねえ。（北上に）あなたからどうぞ。
北上　えーっ？
一関　（ミハルに）でも、私たちはもう合格って決まったんでしょう？
ミハル　そうです。応募者が定員に満たなかったんで。
一関　だったら、これでおしまいでいいんじゃないですか？（北上に）ねえ？
北上　いいと思うよ。私、難しいことやらされたらどうしようって、ドキドキしてたんだ。
一関　（ミハルに）で、他の人は？
ミハル　他の人って？
一関　私たち以外の合格者よ。まさか、応募したのはこの五人だけって言うんじゃないでしょう？
ミハル　それがそのまさかなの。
久慈　本当に五人だけなのか？
ミハル　せっかく新聞に広告を出したのに、最近の若い人は新聞を読まないのね。そういう私も全然読まないいんだけど。
釜石　ちょっと質問してもいいかな。

ミハル　どうぞどうぞ、遠慮なく。
釜石　あんた、誰？
ミハル　私はミハルです。椎名ミハル。
釜石　名前はどうでもいいんだ。あんた、どういう人？
ミハル　性格ですか？　明るいっていうか、元気だけが取り柄っていうか。
釜石　そうじゃなくて、どういう立場の人か聞いてるんだよ。舞台監督か何か？
ミハル　そんな偉い人じゃないですよ。言ってみれば、助手ってところかな。
水沢　舞台監督助手？　演出助手？
ミハル　いいえ、ただの助手です。
水沢　何よ、ただの助手って。
ミハル　だから、皆さんはこれからお芝居をやるでしょう？　私はその手助けをするんですよ。そうやって、誰かの手助けをする人のことを、日本語では助手っていうんです。
釜石　なんか話が噛み合わないな。（ミハルに）あんたもしかして、こういうことするの、初めて？
ミハル　そうなんですよ。だから、わからないことばっかりで。
釜石　俺もオーディションに来るのは初めてなんだけどさ。（水沢に）普通はこういうもんなの？
水沢　まさか。だいたい、客席に誰もいないのはどうしてよ。普通だったら、真ん中の席に演出家が座ってて、質問したり指示したりするでしょう？

久慈　そうだ、それが聞きたかったんだ。（ミハルに）この芝居の演出って、誰がやるの？

一関　新聞広告には書いてなかったろう。

「若人よ来たれ！」って、それだけでしたよね。間違えて、若人あきらが来てたらどうしようって思っちゃった。

ミハル　誰ですか、その人？

北上　（一関に）あんたは発言しない方がいいみたいだよ。

久慈　（ミハルに）で、演出は誰なの。シアタームーンライトでやる芝居なんだから、それなりに有名な人なんだろう？

ミハル　皆さんは知らないんじゃないかな。梅原清吉っていう人なんですけど。

久慈　知ってるよ、プロデューサーだろう。

水沢　（ミハルに）じゃ、脚本を書いたのは？

ミハル　それも、梅原清吉。

釜石　誰なんだよ、梅原清吉って。

ミハル　とってもいい人ですよ。

釜石　いい悪いじゃなくて、どういう関係の人か聞いてるんだよ。（水沢に）俺は知らないけど、ミュージカルとか商業演劇では有名な人なわけ？

水沢　私も知らないわよ。（北上に）あなたは？

北上　私は東京のお芝居にうといから。

ミハル　梅原さんはこの世界の人じゃありません。お芝居をやるのは、今回が初めてなんです。

久慈　冗談だろう？
ミハル　私も初めは冗談かと思ったんだけど。
久慈　てことは本気なんだな？　芝居なんか何もやったことのない人間が、いきなり脚本を書いて、演出もしようっていうんだな？
ミハル　とは言っても、七十年前に一度やってるんですよ。だから、まるっきり初めてってわけでもないんです。
水沢　七十年前って言ったら、築地小劇場の時代じゃない。その人、いくつ？
ミハル　当年取って九十歳。
一関　九十歳？　うちのおじいちゃんと同じ年だ。
ミハル　でも、凄く元気だから、八十歳ぐらいにしか見えないの。
久慈　八十も九十も同じだろう。そんな年寄りが、どうして芝居をやろうなんて気になったんだ。
釜石　決まってるだろう、ボケちまったんだよ。
ミハル　おじいちゃんはボケてません。
釜石　そういうあんたも、結構ボケてるみたいだぜ。あんた、ジジイの孫か？
ミハル　だから、私は助手だって言ったでしょう？
釜石　だったら、せいぜいジジイがボケるのを手助けするんだな。

釜石が帰ろうとする。そこへ、学生服の男がやってくる。

釜石　あれ、君もオーディションに来たの？　俺、合格したけど辞退することにしたから、かわりに君がやれば。

清吉　辞退するかどうかは、私の話を聞いてからにしてもらいたい。

釜石　（男の顔を覗き込んで）こいつ、異常に老けてるぞ。

ミハル　プロデューサーの梅原清吉さんです。

釜石　え？

清吉が名簿を開き、役者たちの名前を呼ぶ。役者たちはそれぞれ「ハイ」と答える。

清吉　梅原です。私の芝居には、ぜひとも諸君の協力が必要です。私は、芝居についてはほとんど素人だが、芝居を愛する気持ちは誰にも負けないつもりだ。若い諸君は芝居をやめても、また別の道でやり直すことができるだろう。が、私にはもう芝居しかない。私が今、芝居をやるというのはそういうことなんだ。

一関　どこか、体でも悪いんですか？

清吉　私は健康だ。健康だが、十年先にはこの世にいないだろう。私にはもう芝居しかない。

久慈　この気持ちが少しでもわかるなら、どうか私を助けてほしい。

ミハル　おじいちゃんの気持ちはわからないでもないんだけどね。わかるなら助けてよ。

久慈　でも、どうして芝居なの？　お年寄りなら、囲碁とかゲートボールとか、おもしろそうなのがいっぱいあるでしょう。

清吉　久慈くんはどうだ。君はどうして芝居をやろうと思った。

久慈　俺は、高校の時から役者になろうって決めてたから。

清吉　それはなぜです。

久慈　やっぱ、人前で何かやるのって、楽しいし。俺、目立つの好きだし。

清吉　私が芝居をやる理由が、それではまずいかね。

北上　いいんじゃないの？　おじいちゃんにとっては、お芝居が一番楽しいってことでしょう？

水沢　でも、お芝居って、楽しいだけじゃないのよ。見てる人にはわからないだろうけど。

釜石　そこが一番の問題だな。素人が脚本も書いて、演出もしようなんて、芝居をナメてるんじゃないのか？

清吉　釜石くんが劇団を旗揚げした時、脚本と演出は誰がやった。

釜石　先輩だよ、文学部の。

清吉　その人は、前にもやったことがありましたか。

釜石　あんたの言いたいことはわかる。誰だって、初めは素人だからな。しかし、ここはシアタームーンライトだ。学生が遊びでやるような所じゃない。

清吉　私は遊びでやろうなんて思ってない。

水沢　でも、プロのお芝居って呼べるものが作れるのかしら。

清吉　それは諸君次第です。
水沢　私は脚本と演出次第だと思うけど。
釜石　（清吉に）だいたい、客は入るのか？　プロなら客席を満員にして、その金でギャラをもらわないとな。
清吉　客席は満員になる。出演料もちゃんとお支払いする。
釜石　本当かねえ。
清吉　ミハルさん、出演料を。
ミハル　ハイ。この劇場は、今日から一週間だけ借りてあります。一日目の今日はオーディションと顔合わせ。二日目から六日目までがお稽古。で、七日目の十二月二十五日、最終日のクリスマスの夜が本番です。
久慈　たったの一週間で、芝居を一本作ろうって言うのか？
ミハル　本番は一日だけですが、出演料は七日分お支払いします。で、その出演料なんですけど、初めてなんで相場がわからなかったんですよ。とりあえず、一日十万円でどうでしょう？
水沢　一日十万？
ミハル　安いですか？
水沢　……ま、標準よね。
釜石　七日で七十万か。悪くないな。
北上　（ミハルに）五人で三百五十万だよ。そんな大金払えるの？

31　ブリザード・ミュージック

ミハル　梅原さんはこのお芝居のために、一千万円用意したんです。もしお客さんが一人も入らなくても、出演料はお支払いします。

久慈　金のことはいい。一番の問題は芝居の中身だ。一週間で芝居を作るって言ったな？　そんなことが、本当にできると思ってるのか？

清吉　一週間では無理ですか。

水沢　私が宝塚にいた時は、一カ月稽古したわ。それぐらいやらないと、演技が固まらないから。

一関　私は科白覚えが悪いから、一カ月だって無理。

久慈　（ミハルに）もし作れたとしても、ろくな芝居にならないことは目に見えてるんだ。いくら金がもらえたって、不満足な芝居を客に見せるわけにはいかないね。

北上　無理かな、一週間じゃ。

ミハル　あなたはできると思うの？

北上　私がやってたのは児童劇だけどさ、一週間でなんとかなったよ。結構きつかったけどね。旅から帰ってきて、次の出発まで一週間しかなくて、徹夜で作ったんだ。「無理だ、絶対間に合わない」って何度も思った。でも、田舎の小学生は、私たちが来るの、楽しみに待ってるからさ。行かないわけにはいかないんだよね。

久慈　俺たちが作る芝居は、大人に見せる芝居だろう？

北上　だったら、もっとがんばればいいんだ。私はやるよ。やっぱ、七十万は大金だもの。

久慈　おまえ、本気か？　何も知らないジジイに、ああしろこうしろって顎でコキ使われるん

北上　だぞ。

清吉　ロボットじゃないんだから、文句があったら言わせてもらうよ。（清吉に）別に構わないよね？

釜石　諸君の意見は充分参考にさせてもらう。

清吉　そういうことなら、まずは脚本を読ませてもらおうじゃないか。やるかやらないかは、その後で決めればいい。

水沢　私も読んでみたいな。どんな役があるか、楽しみだし。

清吉　ミハルさん、台本を。

ミハル　（奥に向かって）ふなひこくん、台本を持ってきてくれる？

そこへ、ふなひこがやってくる。役者たちに台本を配る。

水沢　で、誰がどの役をやるか、もう決まってるの？

清吉　自分のやりたい役を選んでください。

一関　いいんですか？　だったら、やっぱり主役がやりたいよね。

清吉　いや、主役は困る。

水沢　まさか、おじいちゃんがやるって言うんじゃないでしょうね？

清吉　そうだ。私がやる。

久慈　じいさん、いい加減にしろよ。

清吉　私が書いた脚本だ。どう演じればいいか、一番わかっているのは私だ。

一関　一週間で科白が覚えられますか？

清吉　科白は全部覚えた。いつでも立ち稽古に入れる。そして、私の相手役は、ここにいるミハルさんにやってもらう。

ミハル　え？

久慈　そういうことか。（と台本を投げ捨てる）

ミハル　おじいちゃん、私、そんな話聞いてない。

清吉　私は最初から決めていた。この役は、ミハルさんにしかできない役だ。

ミハル　でも、私、お芝居なんて全然やったことないんだよ。おじいちゃんが助手をやってくれって言うから。

清吉　演技のうまい下手じゃない。ミハルさんがやらなければ、意味がないんだ。

久慈　それで俺たちはつまらない脇役か。何が諸君の協力が必要ですだ。バカにしやがって。

清吉　誤解されては困る。私は決してそういうつもりでは――

久慈　（他の役者たちに）どうする？　これでもまだじいさんのワガママに付き合うつもりか？

釜石　君、さっきから何、興奮してるの？

久慈　え？

釜石　おじいちゃんがこんなに一生懸命になって頼んでるのに、文句ばかり言っちゃって。君には敬老精神というものがないのかね。

久慈　そんな、あんただって、さっきまで――
釜石　僕はおじいちゃんを一目見た時から、僕にできることはなんだってやろうって決心したよ。みんなもそうだよね？
北上　とにかく一度読んでみようよ。文句はその後でいいじゃない。
釜石　（清吉に）そういうことですから、話を先に進めましょう。
清吉　本日はこれで解散です。ミハルさん、明日のスケジュールを。
ミハル　明日は午前九時から読み合わせを始めます。皆さん遅れないように来てください。ねえ、おじいちゃん――
釜石　あの、早速ですいませんけど、今日の分のギャラは？
ミハル　最終日にまとめてお支払いします。おじいちゃん――
清吉　それでは諸君、また明日。
ミハル　おじいちゃん――

清吉・ミハル・ふなひこが去る。

久慈　バカバカしい。おまえらみんな、どうかしてるぞ。
水沢　少しは冷静になりなさいよ。おじいちゃんの言う通りにしてれば、七十万ももらえるのよ。
久慈　（釜石に）あんたもそういうつもりなのか？

釜石　俺はあのじいさんが気に入ったんだ。
久慈　嘘だろう?
釜石　今時、なかなかいないぞ。あそこまでシャカリキになって、芝居をやろうなんてヤツ。
久慈　ボケてるんだよ。あの恰好がいい証拠じゃないか。
北上　あれは、わざと着てきたんじゃないかな。
久慈　何のために。
北上　あの人、七十年前に一度、芝居をやってるんだよね? 七十年前って言ったら、ちょうど二十歳だよ。
久慈　そうか。じいさんは、今でも自分が大学生だと思い込んでるんだ。
釜石　そうじゃない。あの学生服は、じいさんの決意なんだ。「自分は二十歳のつもりでやる。だから、おまえらもそのつもりでかかってこい」って言ってるんだ。
一関　(水沢に)この題名、どこかで見たことないですか?
水沢　ないわよ、こんな変な題名。
一関　私はあるのよね。『ペンネンノルデの伝記』か。

釜石・久慈・北上・水沢・一関が去る。

3

十二月十九日の朝。
ふなひこがやってくる。

ふなひこ　というわけで、一日目はなんとか無事に乗り切ることができました。

そこへ、ますよがやってくる。

ますよ　あれが無事って言えるの？
ふなひこ　姉ちゃん、来てたの？
ますよ　本当は、アルバイトに行く予定だったんだけどさ。あんた一人じゃ心配だったから。
ふなひこ　ダンスは見てくれた？　あれ、俺が振り付けしたんだよ。テレビでやってたのを録画して、徹夜で覚えたんだ。
ますよ　そのわりに、うまく行ってたじゃない。みんな、あんたの言うことをまじめに聞いてたし。
ふなひこ　俺の教え方がうまかったのかな？

ますよ　バカ。合格したいから、文句があってもグッと堪えてたのよ。でも、今はすっかりやる気をなくしてるだろうな。

ふなひこ　そんなことないよ。みんな、脚本を読んでみるって言ってたし。

ますよ　あの脚本を読んだら、もっとやる気をなくすわよ。下手したら、明日は一人も来ないかもね。

そこへ、あゆみがやってくる。

あゆみ　来るわよ。

ふなひこ　あれ？　姉ちゃんも来てたの？

ますよ　（あゆみに）会社はどうしたのよ。まさか、サボったんじゃないでしょうね？

あゆみ　「ちょっと銀行へ行ってきます」って、抜け出してきたの。ふなひこだけじゃ心配だったから。

ますよ　とか何とか言っちゃって、本当はいい男がいるかどうか、偵察に来たんでしょう？

あゆみ　それもある。

ますよ　残念だけど、男は二人だけよ。その二人も、明日はきっと来ないわ。

あゆみ　来るわよ。一週間で七十万ももらえるのに、来ないわけないでしょう？

ふなひこ　やっぱり、みんなお金がほしいのかな？

あゆみ　当たり前でしょう？　売れてない役者って、とっても貧乏なのよ。舞台役者なんか、まさに「赤貧洗うが如し」よ。夢を売る商売だから、お客さんの前では平気そうな顔をしてるけど、家へ帰ると悲惨なの。もう三日も何も食べてないとか、お風呂に入るの一週間ぶりとか、全然珍しくないんだから。

ますよ お風呂ぐらい入れよ、汚いなあ。

あゆみ それより、ふなひこ、あんた、知ってた？　ミハルさんのこと。

ふなひこ じいちゃんの相手役をやるってこと？　全然知らなかった。

あゆみ あの人、本当にただの看護婦なの？

ふなひこ だと思うよ。じいちゃんに会うまでは、芝居なんか見たこともなかったんじゃないかな。

ますよ そんな人にヒロインをやらせるなんて、おじいちゃん、いい度胸してるね。

あゆみ でも、仕事の方はどうするのよ。まさか、看護婦を辞めるつもり？

ふなひこ 一週間だけ休みを取ったんだって。じいちゃんに頼まれて、仕方なく。

あゆみ 患者を放り出して、お芝居をやる看護婦が、どこの世界にいるのよ。そんな無責任な女にヒロインは無理ね。こうなったら私が――

ますよ お姉ちゃんが何をするのよ。

あゆみ 仕方ないじゃない。他に誰もいないんだから。

ますよ ずるい。会社が忙しいから手伝わないって言ったくせに。

あゆみ ヒロインがやれるなら、話は別よ。私だって、役者の経験ぐらいあるんだから。実を言うとね、私は小学校の時、竹取物語で竹をやったの。

ますよ 竹にヒロインは無理よ。お姉ちゃんがやるくらいなら私が――

ふなひこ　ちょっと待ってよ。一番最初に手伝うって言ったのは、俺なんだよ。
ますよ　私は、白雪姫を助けに来た王子様の乗っていた馬をやったのよ。
ふなひこ　そんなの、チョイ役じゃないか。
ますよ　竹よりはヒロインに近いわ。少なくとも生き物じゃない。

そこへ、清吉とミハルがやってくる。

清吉　おや？　あゆみとますよも来たのか。
ミハル　あなたたちも手伝ってくれるの？　どうもありがとう。
あゆみ　誤解しないでよ。私は、おじいちゃんがポックリいってないかどうか、様子を見に来ただけ。
清吉　妙子さんはどうした。一緒じゃないのか。
ますよ　お母さんが来るわけないでしょう？　来たら、お父さんに何を言われるか、わからないじゃない。
清吉　じゃ、明日も無理か。
ますよ　たぶんね。でも、私は来るよ。あの人たちが、おじいちゃんの脚本にどんなケチをつけるか、楽しみだし。
清吉　あゆみは。
あゆみ　私は会社が忙しいの。暇があったら、また覗きに来るけど。

ミハル　一時間でも二時間でもいいから来てよ。今は私一人で、てんてこ舞いなんだから。それよりおじいちゃん、私の話を聞いてください。
清吉　話ってなんだ。
ミハル　だから、さっきの続きよ。私は役者なんか、絶対にやらないからね。どうしてもやれって言うなら、もうこの劇場へは来ないからね。
清吉　劇場へ来ないで、どこへ行くんだ。
ミハル　決まってるでしょう？　病院へ戻るのよ。
清吉　おかしいな。ミハルさんは、看護婦を辞めると言っていたのに。
ミハル　そんなこと言ってないよ。私はただ、辞めたいなって言っただけ。朝から晩まで目が回るほど忙しくて、休みの日には遊びに出かける体力も残ってない。二十四にもなって、ボーイフレンドもいないなんて、淋しすぎると思わない？
清吉　それなら、サッサと辞めればいいんだ。ミハルさんは看護婦には向いてない。看護婦より、役者に向いているんだ。
ミハル　向いてないよ。役者をやるぐらいなら、病院へ戻る。じゃあね、おじいちゃん。（と行こうとする）
清吉　老い先短い老人を見捨てるのか。
ミハル　そうやって、今にも死にそうなフリをするのはやめて。
清吉　ミハルさんなら、喜んで引き受けてくれると思ったのに。
ミハル　役者以外なら何でもやるわよ。照明だって音響だって、全然わからないけど、がんばっ

清吉　てやってみせる。でも、役者だけは無理。小学校の時に、金太郎をやってわかったのよ。私には、演技の才能はないって。確かに、私には金太郎の衣裳がよく似合った。それは認める。でも、本番になったら緊張しちゃって、真っ直ぐ歩くこともできなかったのよ。できるとかできないとか、そんなことはどうでもいい。私はただ、やってほしいと言ってるんだ。

ミハル　だから、やらないんだって。

清吉　ミハルさんはやると言ってくれた。

ミハル　言ってないよ。

清吉　「あなたしかいない」と言ったら、「私なんかでお役に立つなら」と、笑ってうなずいてくれた。

あゆみ　おじいちゃん、それ、誰のこと？

清吉　私が下宿していた家の娘さんだ。年は二十。私と同じ年だった。

ますよ　その人も、ミハルって名前だったの？

清吉　名前だけじゃない。顔も姿も、ここにいるミハルさんとそっくりだった。足は細くて――

ミハル　私の足は細くない。

清吉　腰はキュッとくびれていて――

ミハル　くびれてない。

清吉　体重なんか、ほとんどないに等しい。

ミハル　私は、体重、ありあまってます。
清吉　頭のてっぺんから足の爪先まで、あなたとそっくりだった。
ふなひこ　じいちゃん、老眼鏡かけた方がいいよ。
清吉　私らの仲間は、男が四人だけだった。だから、アルネの役はよその人に頼むしかなかった。しかし、女の知り合いなんて一人もいない。ミハルさんに頼むしかなかった。
ミハル　でも、今は他にもたくさんいるよ。さっきの役者さんの中から選べばいいじゃない。
清吉　しかし、私の気持ちはそうではなかった。私には、ミハルさん以外の人に頼む気など初めからなかった。ミハルさんにやってもらいたかった。脚本を書く時も、頭の中にはミハルさんしかいなかった。
ミハル　おじいちゃん、その人が好きだったんだ。
清吉　どうしてわかった？
あゆみ　わかるよ。今の話を聞いてれば、誰だってわかる。
清吉　まいったなあ。
ふなひこ　じいちゃん、初恋だったの？
清吉　まいったなあ。
ますよ　でも、失恋したんでしょう？
あゆみ　ますよ。
ミハル　でもさ、私は、おじいちゃんが好きだったミハルさんじゃないんだよ。
清吉　そんなことはわかっている。

ミハル　わかってるなら、私じゃなくてもいいじゃない。
清吉　しかし、よく似ているんだ。
ミハル　名前だけでしょう？
清吉　忘れていたんだ。芝居をやろうとしたことも、結局やれずに終わったことも。あの時は、泣いても泣ききれないほど悔しかったのに。もう少しのところだった。もう少し気づくのが遅かったら、間に合わなかったろう。ミハルさんに会わなければ。
ミハル　私に会って思い出したの？
清吉　病院で初めて会った時、頭の中で何かが光った。ミハル、ミハル、この名前はどこかで聞いたことがある。ミハル、ミハル、何日も何日もその名前を口の中で繰り返して、ある時いっぺんに思い出した。あの時の悔しさがいっぺんに蘇ってきた。私に芝居をやれと言ったのはあなたなんだ。
ミハル　私じゃなくて、七十年前のミハルさんでしょう？
清吉　いや、あなただ。あなたが私に思い出させたんだ。あなたがもう一度、芝居をやれと言ったんだ。
ミハル　そんなこと、言ってないよ。
清吉　オーディションに来たヤツらは、どうせ金が目当てだ。本気でやってくれるわけがない。が、ミハルさんは違う。私が好きだったミハルさんみたいに、一生懸命やってくれる。
ミハル　いくら一生懸命やっても、下手ッピじゃ――
清吉　下手ッピでいい。下手ッピの方がいいんだ。

ミハル　おじいちゃんはよくても、お客さんは怒るよ。

清吉　客なんかどうでもいい。大切なのは、ミハルさんがやることだ。

清吉が去る。

ミハル　まいったなあ。

ふなひこ　ミハルさん、やるっきゃないよ。

ミハル　他人事だと思って。ふなひこくんが私の立場だったら、やる？

ふなひこ　やるよ。

ミハル　（あゆみとますよに）あなたたちはやらないわよね？

あゆみますよ　私たちなら、いつでもオーケイよ。

ミハル　本当に？

あゆみ　金太郎ならともかく、ヒロインならやりがいがあるじゃない。でも、今回は遠慮しておくわ。おじいちゃんのために。

ミハル　でも、私にヒロインなんて、無理よ。

ますよ　あんまり深刻に考えることないんじゃない？　おじいちゃんも、下手ッピでいいって言ってるんだし。

ミハル　あーあ。七十年前のミハルさんを尊敬しちゃうよ。役者なんて恥ずかしいこと、どうしてできるんだろう。

ふなひこ できると思うよ。好きな人のためなら。

ますよ そして二日目。いよいよ読み合わせが始まる。

ミハル・あゆみ・ますよ・ふなひこが去る。

4

十二月二十日の朝。
釜石がやってくる。台本を大道具の上に置いて、ストレッチ運動を始める。そこへ、一関がやってくる。

一関　おはようございます。
釜石　おはよう。
一関が台本を大道具の上に置いて、ストレッチ運動を始める。釜石を横目で見て、やり方を真似する。が、なかなかうまくいかない。そこへ、北上がやってくる。

北上　おはようございます。
釜石　おはよう。
一関　（北上に）あ、おはようございます。早いですねえ。
北上　あんたの方が早いじゃない。

一関　あ、そうか。

北上も台本を大道具の上に置いて、ストレッチ運動を始める。

一関　なんか、昨夜はあんまり眠れなくて。今朝も六時に目が覚めちゃって。
北上　私もだよ。
一関　やっぱり?
北上　あの台本を読んだら、心配になっちゃってさ。
一関　そうですよね?　つまんなかったですよね?
北上　つまんないって言うか、やっぱ、ちょっと古いよね。
一関　私、古文でも読んでるのかと思いました。ほら、歴史的仮名遣いで書いてあったでしょう。
釜石　七十年前に書いたのを、そのままやるつもりなんだな。
一関　昔はああいうのが受けたんですかね?
北上　七十年前って言ったら、昭和の初めでしょう?　プロレタリア文学が盛り上がってた頃じゃないの?
一関　でも、あの台本、童話みたいじゃありませんでした?
釜石　あんた、前にも見たことがあるって言ってなかったっけ。
一関　それが、どうしても思い出せなくて。子供の頃に読んだんじゃないかな。

北上　変な話だよね。ノルデとかアルネとか、どこの国の人か、わからないのばっかり出てきちゃって。

一関　まともな役は、その二つだけ。あとは昆布とりのおじさんとか、フウケーボー大博士とか、変なのばっかり。

釜石　何かやりたい役はあったか？

一関　何もないから眠れなかったんですよ。私、イヤですよ、おじさんの役なんて。

北上　私だってイヤだよ。

釜石　そうか？　結構得意そうに見えるけどな。

北上　だから、イヤなんだよ。児童劇をやってる時は、男の役しか回ってこなかったんだ。今度は絶対に女をやるからね。

そこへ、久慈がやってくる。手には台本と新聞。

久慈　おはよう。

一関　あ、おはようございます。

北上　（久慈に）あれ？　あんたはもう来ないと思ってた。

一関　そんな言い方をしなくてもいいじゃないですか。誰だって、七十万はほしいんだから。

久慈　おまえら、新聞は読んだか？（と新聞を差し出す）

北上　もっとギャラの高いオーディションでも見つけたの？

一関　それなら、ここへ来るわけないでしょう？

久慈　（釜石に）あんたは？

釜石　俺は新聞を取ってないんだ。

一関　え？　じゃ、ここのオーディションの広告は？

釜石　あの日は、たまたま電車の網棚に乗っかってたから。

久慈　てことは、まだ誰もこの記事を読んでないんだな？

北上　記事って何？

久慈　見てみろ、ジジイが出てる。（と新聞を差し出す）

北上　（受け取って）本当だ。写真入りだよ。「宮沢賢治の遺稿見つかる」

一関　え？（と新聞を覗き込む）

北上　「昨日午後六時頃、東京都東村山市に住む梅原清吉さん（90）が弊社を訪れ、『ペンネンノルデの伝記』と題された四百字詰め原稿用紙八十枚ほどの童話を見せてくれた。梅原さんの話によると、この童話は七十年前の昭和六年、宮沢賢治本人から預かったもので、東京大空襲の際に焼失したと思い込んでいたところ、つい先日、蔵書の整理中に発見したと言う」

一関　そうか、宮沢賢治か。道理で読んだことがあると思った。

久慈　あるわけないだろう？　その童話は、今までどこにも発表されてなかったんだよ。あのジジイが七十年間、ずっと隠してたんだ。

北上　隠してたんじゃないよ。焼失したと思い込んでたんだよ。

久慈　ところが、芝居をやることになったら、偶然出てきたっていうのか？
釜石　（北上に）いいから、続きを読んでみろ。
北上　「この作品は、賢治の代表作である『グスコーブドリの伝記』の元になったと言われている作品で、これまでは画用紙一枚に書かれた構想メモしか見つかっていなかった。研究者の間では、メモのみで実際には書かれなかったのではないかという説が有力だった」
一関　わかった。私が読んだのは、『グスコーブドリの伝記』だったのよ。
北上　それってどんな話？
一関　『ペンネンノルデの伝記』とよく似てる。登場人物の名前は違うけど。
釜石　（北上に）いいから、続き。
北上　「なお、梅原さんは、今月二十五日、都内の劇場でこの童話を元にした演劇を上演する予定である。会場では、賢治の直筆原稿も展示する」
釜石　これで、この客席は満員になるな。
久慈　うまく宣伝したもんだよ。金は一銭もかかってない。
一関　でも、驚きましたね。あのおじいちゃんが宮沢賢治の知り合いだったなんて。
久慈　知り合いとは限らないだろう。七十年も隠し続けてきたってことは、何かか理由があるんだ。たとえば、盗んだとか。
一関　まさか。
釜石　だとしたら、俺たちは泥棒の手助けをすることになる。そんな所へ、なぜ戻ってきたんだ。

久慈　こうやって新聞に載れば、偉いヤツが見に来るかもしれないじゃないか。

そこへ、清吉とミハルがやってくる。

ミハル　おはようございます。あれ、一人足りないですね。
釜石　まだ九時になってないからな。
ミハル　そうか。じゃ、もう少し待ってから始めますか。
釜石　別に構わないいんじゃないの？　本番まで、あと六日しかないんだし。
ミハル　言えてる言えてる。一分一秒が大切ですもんね。
清吉　それでは、読み合わせを始める前に、諸君に紹介したい人間がいます。
ミハル　（奥に向かって）すいません、お母さん。

妙子・あゆみ・ますよ・ふなひこ・鮫島金四郎がやってくる。

清吉　この芝居を陰から支えてくれる、スタッフの諸君です。ミハルさん、紹介を。
ミハル　ハイ。えー、まず最初は、相談役の鮫島金四郎さん。困ったことがあったら、いつでも相談に行ってください。
鮫島金四郎　よろしくお願いします。
ミハル　次は、舞台監督の梅原妙子さん。この方は、梅原さんの息子さんの奥さんです。

妙子　よろしくお願いします。
久慈　で、そっちの三人は孫か。
ミハル　そうです。三人には、舞台監督助手をやってもらいます。
久慈　やっぱり来るんじゃなかった。
釜石　念のために聞いておくけど、皆さん、お芝居の経験は？
ますよ　全くありません。
釜石　キッパリ言うなよ。
一関　（ミハルに）まさか、スタッフは全部、家族でやるって言うんじゃないでしょうね？
ミハル　予算の都合もあるんで、そうしようかと——
久慈　待てよ。素人に音響や照明がわかるのか？
ミハル　わかりません。機械を見て、すぐに諦めました。で、音響と照明だけは、プロの方にお願いしたんです。もう昨日から来てくださってたんですよ。（指さして）あちらが音響の早川さん。あちらが照明の熊岡さんです。

役者たちが挨拶をする。

北上　で、大道具は？
ミハル　大道具はもうあるでしょう。
北上　脚本を読んだ感じとちょっと違うんだよね。これ、誰が作ったの？

ミハル　知りません。
北上　そんな。知らない間にできちゃったって言うわけ？
ミハル　違いますよ。前の劇団の人に置いてってもらったんです。「これ、譲ってくれませんか」って頼んだら、「どうせ捨てるだけだから、タダでやる」って。
久慈　しかし、この脚本には合わないだろう。
清吉　そう思うなら、これから私たちの手で直していこう。
久慈　おいおい、俺たちは役者だけやればいいんじゃないのかよ。
清吉　芝居というのは、みんなで力を合わせて作るものじゃないのかな。
久慈　俺は役者のオーディションに応募したんだ。大工になりたくて来たんじゃない。
釜石　またダダをこねる。そういうワガママな子は帰っていいんだよ。
久慈　帰るよ。帰ればいいんだろう？
北上　まあまあ、人手が足りないんだから、仕方ないじゃない。あんただって、釘の一本ぐらい打てるでしょう？
久慈　俺、裏方はやったことないんだ。
一関　私も。
釜石　それでも役者かよ。
久慈　ウチは人数が多いからな。裏方はそれ専門の人間がちゃんといるんだよ。
釜石　だから、役者は演技だけやってればいいって言うのか？　本番中にもしものことがあったらどうするんだ。

清吉　今はそのもしもの時だ。どうか諸君も協力してほしい。
釜石　こうなったら、何でもやりますよ。俺、叩きは前の劇団でもやってたんだ。

そこへ、水沢が駆け込んでいる。

水沢　ごめんなさい、タクシーが渋滞に巻き込まれちゃって。
釜石　いきなりで悪いけど、あんた、叩きはやったことあるか？
水沢　あるわよ。カツオでしょう？
釜石　そうじゃなくて、大道具を作ったことはあるかって聞いてるんだよ。
水沢　イヤだ。私は女優よ。
釜石　じゃ、俺が一から叩き込んでやる。よし、これで全員揃ったな。
清吉　それでは読み合わせを始めよう。スタッフの諸君は、舞台監督さんの指示に従ってください。
妙子　じゃ、今日は受付の準備をします。レッツ・ゴー！

妙子・あゆみ・ますよ・ふなひこ・鮫島金四郎が去る。

清吉　諸君、脚本は読んでもらえましたか。
釜石　読みましたよ。

清吉　自分のやりたい役は決まりましたか。
釜石　それがね、おじいちゃん。やりたい役が一つもないんだな。
一関　私もなかった。アルネ以外は男の役ばっかりなんだもん。
北上　（清吉に）まさか、私に男をやれなんて言わないよね？
水沢　そのことなんだけど、私に一つ提案があるのよ。この脚本に、歌と踊りをいっぱい入れて、ミュージカルにするっていうのはどうかしら。
清吉　いや、それは困る。
水沢　私は別に、宝塚がやりたいって言ってるんじゃないのよ。この脚本をそのままやっても、おもしろい芝居にはならないと思ったから。
清吉　この脚本は、そのままやってこそ価値がある。一字一句変えることは許さない。
水沢　じゃ、アルネの役は私にやらせてよ。歌も踊りもできないなら、せめてまともな役がやりたいわ。
清吉　それもダメだ。
釜石　だったら、この脚本はボツだな。（と台本を破く）
清吉　君！
釜石　俺たちのやりたい役が一つもないんだ。こんなのやっても仕方がないだろう。
清吉　しかし、諸君はこの脚本を上演するために集められたんだ。
釜石　しかし、俺たちはやりたくないって言ってるんだ。どうする。
清吉　どうするも何も、やってもらわなくては困る。

釜石　俺たちだってやりたいさ。ただし、この脚本だけはダメだ。

清吉　そんなことを言う権利が君にあるのか。

釜石　じゃ、他の役者に聞いてみろよ。（水沢に）あんたはどうだ。この脚本でもいいか。

水沢　他に何かあれば、他の方がいいけど。

釜石　（北上に）あんたは。

北上　私も同じ。でも、他に何があるって言うの。

釜石　（一関に）あんたは。

一関　今から探して、間に合いますか？

釜石　（久慈に）あんたは。

久慈　新聞には、これをやるって宣伝しちまったからな。

釜石　（清吉に）そこで、俺にも一つ提案があるんだ。あんたがどうやって宮沢賢治の童話を手に入れたか、そいつを芝居にしたらどうだ。

久慈　芝居にするって、脚本は？

釜石　そんなものあるか。俺たちで作るんだよ。

久慈　エチュードでか？

水沢　（釜石に）そんなの無理よ。今から始めて、間に合うと思う？

釜石　エチュードなら、自分の好きな役がやれるだろう。女の役だって、もっと増やせるんじゃないか？

北上　なんかおもしろそうだね。

清吉　（釜石に）勝手なことを言うな。演出は私だぞ。
釜石　もちろん、演出はあんたに任せるさ。七十年前に何があったか。それを知ってるのは、あんただけだからな。
清吉　そんなものを芝居にして、何がおもしろい。
釜石　おもしろくするのはあんたなんだよ。
清吉　ダメだ。私は許さないぞ。
釜石　そこまでイヤがるところを見ると、やっぱり今朝の記事はデタラメなんだな？　宮沢賢治から預かったっていうのは表向き。実際は、汚いやり方で手に入れたんだろう。
清吉　そんなことはない。
釜石　だったら、いいじゃないか。あんたは七十年前のあんたの役をやればいいんだ。そうすれば、舞台の上で七十年前に戻れるぜ。
清吉　しかし――
釜石　俺たち五人が今、降りたら、何の芝居も打てなくなるぞ。
ミハル　おじいちゃん、仕方ないよ。
清吉　ミハルさんまで裏切るのか？
ミハル　だって、この台本が没になれば、私の役はなくなるんだもん。
清吉　そんなに役者がやりたくないのか。
ミハル　悪いけど、やっぱりやりたくない。
清吉　いや、待てよ。私が七十年前の私をやるなら、七十年前のミハルさんは誰がやるんだ？

ミハル　え？　まさか私？

清吉　（釜石に）わかった。君の提案を飲もう。

釜石　よし。それじゃ、聞かせてもらおうか。七十年前に何があったのか。

清吉・ミハル・釜石・久慈・北上・水沢・一関が去る。

5

十二月二十日の夜。

清一郎がやってくる。舞台をキョロキョロ見回し、大道具に腰を下ろす。と、大道具が壊れる。慌てて元に戻そうとするが、うまくいかない。そこへ、鮫島金四郎がやってくる。

鮫島金四郎 お父さん。

清一郎 うわーうわー！ いや、どうもどうも、お久ぶりです。

鮫島金四郎 見ましたよ、今の。

清一郎 えっえっ？ 何を見たんですか？

鮫島金四郎 ごまかしてもダメですよ。ほら、ここ。（と大道具を動かす）

清一郎 すいません。わざとやったんじゃないんです。まさか、こんなに壊れやすいとは思わなかったんで。

鮫島金四郎 壊れやすいんですよ、本物じゃないから。

清一郎 （ポケットから財布を取り出して）弁償します。弁償しますから、このことはウチの者には――

鮫島金四郎　いいですよ、お金なんか。（とガチ袋からナグリと釘を取り出して）こうやって釘で止めておけば、充分充分。

清一郎　自分でやります。やらせてください。

清一郎がナグリと釘を奪い取り、大道具を直し始める。

鮫島金四郎　皆さん、楽屋でお弁当を食べてますよ。どなたか呼んできましょうか？

清一郎　いや、ちょっと覗きに来ただけですから。

鮫島金四郎　やっぱり心配なんですね？　一家の主としては。

清一郎　主なんて偉そうな立場じゃないんですよ。女房も子供も、私の言うことなんか聞こうともしないんだ。

鮫島金四郎　いっそのこと、お父さんも一緒にやったらどうですか？

清一郎　そんな暇あるもんですか。お芝居をやってる方はご存じないでしょうけどね、サラリーマンは年末が一番忙しいんですよ。

鮫島金四郎　それにしては、よくここへ来る暇がありましたね。

清一郎　家へ帰ったら、中が真っ暗だったんです。

鮫島金四郎　それで、お父さんも真っ暗になったと。わかりました。やっぱり奥さんを呼んできましょう。

鮫島金四郎が去る。清一郎がポケットから紙を取り出す。

清一郎　「許してあなた。やっぱり劇場へ行きます。淋しいでしょうけど、夕食は一人で食べてください。おかずはレンジの中に入ってます。あなたの好きなマーボ豆腐です。慌てないで、必ずチンしてね。妙子」

そこへ、妙子・あゆみ・ますよがやってくる。

ますよ　やっぱり来ると思った。お父さんも仲間に入りたくなったんでしょう?
清一郎　バカなことを言うな。誰が芝居なんかやるもんか。
ますよ　じゃ、ここへ何しに来たのよ。
清一郎　そういうおまえこそ、ここで何をしてるんだ。
ますよ　聞いてよ、お父さん。私、ついに脚本家としてデビューすることになったのよ。
あゆみ　違うでしょう?　役者がエチュードで言ったことを、メモするだけでしょう?
清一郎　あゆみ、おまえだけは信じていたのに。よくも裏切ったな。
あゆみ　お父さん、私を見損なわないでよ。私は、お父さんのために、ここへ来たのよ。
清一郎　俺のために?
あゆみ　このままおじいちゃんを放っておいたら、どうなると思う?　芝居のためだとかなんとか言っちゃって、お金を好きなだけ使うに決まってる。それで損をするのは、おじいち

ますよ　ゃんじゃない。おじいちゃんが死んだ後、遺産を相続するお父さんなのよ。
あゆみ　相続してみたら、借金しかなかったりしてね。
清一郎　そうなったら大変だから、会計係として監視することにしたってわけ。
ますよ　誰がそんなことをしてくれって頼んだ。
妙子　お父さん、娘の前だからって、見栄を張ることはないのよ。
清一郎　やめなさい、ますよ。お父さんをからかうんじゃないの。
妙子　妙子、俺が昨夜、なんて言ったか、覚えてるか。
清一郎　覚えてます。
　あの金は、親父が田舎の家を売って手に入れたものだ。どう使おうと、俺たちには関係ない。だから、一切口出ししない。そのかわり、親父がどんなに頼んでも、一切手助けしない。それでいいって、おまえも言ったな？
妙子　言いました。
清一郎　だったら、どうしてここへ来た。
妙子　朝起きたら、気持ちが変わってて。心境の変化っていうんですか？
清一郎　俺が家を出る時は、何も言ってなかっただろう。
妙子　言ったら、あなた、怒るから。
清一郎　黙って裏切られた方が、もっと頭に来るんだよ。
あゆみ　何よ、お父さんはここへ喧嘩しに来たわけ？
清一郎　そうじゃない。おまえらを連れ戻しに来たんだ。

あゆみ　私たちを？

清一郎　仕事で疲れ果てて帰ったら、家の中は真っ暗じゃないか。こんなムチャクチャな話があるか？

妙子　じゃ、ご飯はまだ食べてないんですか？

清一郎　何が「チンしてね」だ。俺は仕事でクタクタなんだぞ。その上、チンまでしてたまるか。

妙子　指で押すだけですよ。あなたにだってできますよ。

清一郎　できるできないじゃない。俺はチンしたくないんだ。

ますよ　そんなにムキになることないでしょう？　気は小さいのに、声だけは大きいんだから。そういうところはおじいちゃんにそっくり。

清一郎　俺は親父とは違う。

ますよ　違わないわよ。親子っていうのは、年を取れば取るほど似てくるものなの。

清一郎　俺は親父みたいなワガママじゃない。

ますよ　お父さんだって、充分ワガママよ。

清一郎　俺のどこがワガママだ？　俺が家族に黙って、何かしたことがあるか？　神戸の転勤の時だって、おまえらがイヤだって言うから、俺一人で行ったんだ。無理やり連れて行こうとはしなかったろう。

妙子　あの時は、あゆみもますよもふなひこも小学生で、転校させたくなかったし。あなたもその方がいいって——

清一郎　言ったさ。

妙子　それならどうして今頃になって。
清一郎　おまえには単身赴任の辛さがわかってない。
妙子　毎日電話したじゃないですか。
清一郎　毎日か？　たまに忘れたじゃないか。
妙子　私だって忙しかったんですよ。あなたは一人だからいいけど、私には子供が三人もいたんだから。
清一郎　にぎやかでいいじゃないか。一人だと淋しいんだぞ。「ただいま」って言ってもシーン、「いただきます」って言ってもシーン、「いけね、みそ汁こぼしちゃった」って言ってもシーンとしてるんだ。
あゆみ　要するに、お父さんは淋しかったのね。一人だけ仲間はずれにされて。
清一郎　そうじゃなくて、俺が言いたいのはだな、俺は親父とは違うってことだ。俺は俺自身より、家族のことを考えて生きてきた。やりたいことがあっても、我慢してきたんだ。
ますよ　やりたいことって？
清一郎　まあ、いろいろあるさ。
ますよ　たとえば？
清一郎　そりゃ、おまえ、俺だって男だし。
妙子　あなた！
清一郎　しかし、我慢してきたんだ。おまえらに辛い思いをさせたくなかったから。
妙子　でも、おじいちゃん、言ってましたよ。これが最後のワガママだって。

清一郎　最後にして、最大のワガママだ。そんなものに、家族がいちいち付き合う必要はないんだ。

妙子　あなたにまで付き合えって言ってるんじゃないんですよ。私は昼間は暇だし、ますよもふなひこももう学校がないし。

あゆみ　私は有休を取っちゃった。このクソ忙しい時に困るって、文句を言われたけど。

清一郎　どうしてだ？　どうしてそうやってみんなで、親父のワガママに付き合うんだ？　親父はただ、自分のやりたいことをやってるだけなんだぞ。おまえらのことなんか、何も考えてないんだぞ。

妙子　仕方ないですよ、家族なんだから。

清一郎　なんだか、俺だけバカみたいだな。おまえらのために汗水流して働いてるのに。

妙子　たまには息抜きをしたらどうですか？

清一郎　息抜きって？

妙子　お芝居ですよ。

清一郎　バカ。芝居なんかやる暇があったら、浮気でもするさ。

妙子　あなた。

清一郎　俺だって、やりたいことをやってやるからな。ワガママになってやるからな。覚悟しろよ。

清一郎が去る。

ますよ　浮気なんて無理無理。あんなおじさん、誰も相手にしないわよ。

妙子　でも、お父さんもやりたいんじゃないかな。

ますよ　浮気を？

妙子　そうじゃなくて、お芝居を。

あゆみ　まさか。

妙子　あなたたちには話してなかったっけ？　私たちの新婚旅行の話。

あゆみ　え？　お母さんたちの時代にも、新婚旅行なんてあったの？

妙子　あったわよ。お父さんがどうしても行きたいって言うから、一泊二日で花巻へ行ってきたの。

あゆみ　花巻って、宮沢賢治の生まれた所？

妙子　お父さんが子供の頃、おじいちゃんの家には宮沢賢治の本しかなかったんだって。お父さんが「マンガが読みたい」って言っても、絶対に買ってもらえなかったんだって。それで仕方なく読んでるうちに、好きになってしまったと。

ますよ　おじいちゃんがちゃんと話をしてくれれば、お父さんだって反対はしなかったのよ。でも、あの二人、似た者親子だからね。

妙子　妙子が去る。反対側から、ふなひこがやってくる。

ふなひこ　よかったね、最悪の事態にならなくて。

あゆみ　最悪の事態って？
ふなひこ　離婚だよ離婚。
あゆみ　バカね。これぐらいのことで、離婚するわけないでしょう？　もしするとなったら、離婚届の理由の欄になんて書くのよ。
ますよ　理由、父の演劇活動。
あゆみ　恥ずかしくて、市役所へ持っていけないわよ。
ふなひこ　というわけで、二日目もなんとか無事に乗り切ることができました。
ますよ　脚本はボツになったけど、今のところ脱落者はなし。
あゆみ　おじいちゃんの話を聞いて、だいたいのストーリーも決まった。
ふなひこ　配役は？
あゆみ　結構もめてたみたいよ。でも、女の役は増えたって。
ふなひこ　俺の出番はないかな？
あゆみ　ガキの役はないんじゃない？　お芝居の舞台は昭和六年。
ますよ　そして、三日目、立ち稽古開始。

6

十二月二十一日の朝。

清吉・ミハル・釜石・久慈・北上がやってくる。清吉は本を持っている。あゆみ・ますよ・ふなひこは大道具に座る。ますよはノートとペンを取り出す。

ミハル　昭和六年九月一日、日本初のオール・トーキー映画『マダムと女房』が上映開始。ちょうど同じ日、東京市外戸塚町の下宿ミドリ館に、田舎でお盆を過ごしていた四人の大学生が帰ってきた。一人目は清吉。

清吉が前に出る。

清吉　二十世紀の日本は、三人の偉大な作家を生み出した。明治は夏目漱石。大正は芥川龍之介。そして、昭和は梅原清吉。そう言われるのが、私の夢だった。二十歳の私は、まだその夢を信じていた。

ミハル　二人目は撻馬《たつま》。

久慈が前に出る。清吉はミハルの横に並ぶ。

清吉　撻馬は政経学部のくせに、詩の本ばかり読んでいた。一番好きだったのが『春と修羅』という詩集で、「俺の田舎が生んだ大詩人が書いたんだ」と威張っていた。私は、宮沢賢治なんて聞いたこともなかったがな。

ミハル　三人目は謙三。

釜石がやってくる。久慈は後ろへ下がる。

清吉　謙三の親父は有名な映画監督だった。それがこいつはイヤだったらしい。「親父の映画はつまらない。あんなの映画じゃない」と言って、外国のものばかり見ていた。顔に似合わず、フランス映画が好きでな。

ミハル　四人目は岩男。通称・ガン。

北上がやってくる。釜石は後ろへ下がる。

清吉　私はガンが好きだった。

北上　私はあんたが嫌いだよ。

ミハル　どうしてよ。
北上　あれほど男はイヤだって言ったのに。
ミハル　仕方ないじゃない。おじいちゃんの友達は、全部で三人いたんだから。
北上　だからって、どうして私がやらなくちゃいけないわけ？
ミハル　それは、あなたが一番合ってるからよ。ねえ、おじいちゃん。
清吉　ガンは本当に正直なヤツでな。私らが小説や詩や映画の話をすると、いつもニコニコしている。「わかるか？」と聞くと、ニコニコしたまま「わからない」と言う。
北上　ただのバカじゃないか。
清吉　そうじゃない。あいつは芸術家ではなくて、観客だったんだ。私らがどんなにおもしろいと思っても、あいつがおもしろいと言わなければダメだった。私は私の書いたものを、ガンにほめられるのが一番うれしかった。
ミハル　昭和六年九月一日。

清吉・釜石・久慈が前に出る。ミハルは大道具に座る。

久慈　よう、みんな早いな。
清吉　何言ってんだ。おまえが寝坊したんだろう。昨夜は何時に着いた。
久慈　上野に九時過ぎだったかな。それからここまで歩いたら、二時間もかかっちまった。
清吉　おまえ、歩くのが好きだな。

久慈　花巻から十五時間も汽車に揺られてきたんだ。その上、三十分も揺られてたまるか。
釜石　嘘つけ。汽車賃がもったいなかっただけだろう。
久慈　実はそうなんだ。上野までの切符は、親が買ってくれたからいいが、そこから先は自分の金だ。無駄遣いするわけにはいかん。
清吉　本ばかり買うからだよ。買わずに、図書館で借りたらどうだ。
久慈　借りたら、いつかは返さねばならんだろう。
釜石　俺は返さんぞ。
久慈　そんなことをしたら、二度と貸してもらえん。
釜石　いや、俺はまた借りる。
久慈　なぜだ。なぜそんなヤツに貸してくれるんだ。
清吉　謙三は借りるんじゃない。黙って失敬してくるんだ。だから、向こうは返せとも言わないし、もう貸さないとも言わない。
久慈　俺は泥棒は嫌いだ。どんなに貧乏しようと、他人様のものには手をつけん。
釜石　他人様のものじゃない。図書館の本はみんなのものだ。
久慈　そうだ、みんなのものだ。それをおまえだけのものにしていいのか？
釜石　他のヤツが読みたかったら、いつでも貸してやる。
久慈　勝手なヤツだな。本がほしければ、親父に買ってもらえばいいだろう。
釜石　それがイヤだから、失敬してくるんだ。
久慈　ますます勝手なヤツだ。なあ、ガン。

北上　ああ。
久慈　おまえもそう思うよな？
北上　ああ。
久慈　思わないのか？
北上　ああ。
久慈　（手を叩いて）ああじゃなくて、もっとしゃべれよ。さっきから、黙って聞いてるだけじゃないか。
北上　ごめん。昔の大学生はどんなふうにしゃべったんだろうと思ったら、言葉が出なくなっちゃって。
久慈　適当でいいんだよ、適当で。どうせバレっこないんだから。
釜石　バレるよ。じいさんみたいな年寄りが見に来たら、一発でバレる。「こんなヤツは七十年前にはいなかった」って言われたらどうするんだ。
清吉　いやいや、みんな、いい線行ってるぞ。
釜石　そういうあんたはどうなんだよ。
久慈　おじいちゃん、あんた、二十歳なんだよ。わかってる？
清吉　わかってるさ。
久慈　だったら、もう少し若々しく動いてくれよ。歩き方だって、こんなふうにスイスイと。（と歩いてみせる）
清吉　こうか。（と歩いてみせる）

北上　体の具合でも悪いことにしたら？　風邪を引いてたとか。
清吉　私は風邪なんか引いたことはない。この年になるまで、ずっと健康だった。
久慈　健康な二十歳が、こんなふうに歩くかよ。（と歩いてみせる）
釜石　とりあえず、芝居を先に進めよう。（ますよに）どこからだっけ？
ますよ　撻馬が「なあ、ガン」って言ったところから。
釜石　その科白はカットしよう。撻馬はガンに聞くのをやめて、例の話を切り出すんだ。行くぞ。せーの、ハイ。（と手を叩く）
久慈　おい、みんな、宮沢賢治って覚えてるか？
釜石　おまえの田舎、花巻が生んだ大詩人だろう。その人がどうした。
久慈　会ってきたんだよ、その大詩人に。
北上　本人にか？
久慈　もちろん、本人だ。兄貴の友達が花巻農学校の卒業生でな、宮沢先生の教え子だったんだよ。
北上　へえー、宮沢賢治ってのは、農学校の先生なのか。
久慈　いや、今はもうやってない。東北砕石工場って会社で、技師をしているそうだ。
北上　詩人が技師とは珍しいな。
久慈　そこが宮沢先生の凄いところさ。普通、詩を書こうって人間は文科系だ。物理や数学は苦手に決まってる。ところが、この先生は理科系の頭を持ってるんだな。昔から、本物の天才っていうのは、文科も理科もできるだろう。パスカルとかダ・ビンチとか。

釜石　それはちょっとほめすぎだ。ダ・ビンチが岩手で技師なんかやるか？　本物の天才なら、どうして東京へ出てきて活躍しないんだ。
久慈　どうしてだと思う。
釜石　どうしてなんだ？
久慈　どうしてだっけ？
釜石　（手を叩いて）おいおい、おまえが説明するんだろう？
久慈　そんなにいっぺんに覚えられないよ。じいさん、教えてくれ。
清吉　だから、昨日も話をしたろう。宮沢先生は、自分の生まれた岩手の農民のために、何か役に立つことをしたいと考えていたんだ。そのために、羅須地人協会というのを作って、無料講演や肥料設計をやっていたんだ。
久慈　そんなヤツが、どうして詩なんか書いたんだよ。
清吉　農民に必要だったからだ。
久慈　百姓に詩なんか読む暇があったのか？
清吉　ないからこそ書いたんだ。そんな世の中を少しでも変えようとして。当時は社会主義の運動が盛んだった。小説ならプロレタリア文学、芝居ならプロレタリア演劇。芸術は、社会主義の宣伝のための道具だった。しかし、そんなものを農民が見て、おもしろがると思うか。
久慈　だからって、詩なんか読まされてもな。
清吉　読むんじゃない。作るんだ。農民が芸術家になるんだ。そのために、宮沢先生は農民芸

久慈　術というものを考え出したんだ。
北上　なんか難しいなあ。そんなの覚えられないよ。
久慈　覚えてもらわなくちゃ困るよ。捷馬は宮沢賢治を尊敬してる役なんだから。
北上　俺、宮沢賢治って好きじゃないんだ。あんまり読んでないし。
久慈　『銀河鉄道の夜』は？
北上　読んでない。
久慈　『風の又三郎』は？
北上　読んでない。
久慈　『よだかの星』は？
北上　読んでない。それも、宮沢賢治が書いたのか？
久慈　要するに、一冊も読んでないの？
釜石　（久慈に）他はいいから、『よだかの星』だけは読め。あれは泣けるぞ。
北上　捷馬は、あんたがやった方がいいんじゃない？
釜石　今さら、交代なんかしてる暇があるか。とにかく、ここは、捷馬が宮沢賢治のすばらしさをみんなに納得させるシーンなんだ。捷馬にがんばってもらわないと、後の芝居に続かなくなる。

そこへ、水沢がやってくる。

水沢　そうよ。早く私の出番まで進めてよ。
釜石　もうすぐだから、待ってろよ。
北上　あれ、もう一人の子は？
水沢　待ちくたびれて、楽屋に行っちゃった。レポートを書いてくるって。
北上　レポートって？
水沢　大学の宿題だって。
北上　（奥に向かって）こんなところで内職するなよ！
久慈　なんか疲れちゃったな。休憩休憩。（と歩き出す）
釜石　おい、勝手なことするなよ。
久慈　水飲んでくるだけだよ。
釜石　まだ始めたばかりだろう。昼飯まで我慢しろ。
久慈　そうやって、命令口調でしゃべるの、やめてくれないか。
釜石　なんだと？
水沢　まあまあ、稽古は仲良くやりましょうよ。
久慈　おまえは黙ってろ。
水沢　私に向かって、黙ってろですって？
北上　もう、役者って、どうしてワガママなヤツばっかりなの？
清吉　諸君、これを聞いてくれ。

清吉が本を開く。

清吉　「おれたちはみな農民である。ずゐぶん忙しく仕事もつらい／もつと明るく生き生きと生活する道を見付けたい／われらの古い師父たちの中にはさういふ人も応々あつた／近代科学の実証と求道者たちの実験とわれらの直観の一致に於て論じたい／世界がぜんたい幸福にならないうちは個人の幸福はあり得ない」

北上　今のフレーズ、聞いたことある。
水沢　私も。それって、宮沢賢治の言葉だったの？
清吉　『農民芸術概論綱要』の一節だ。撻馬が覚えていて、私らに教えてくれた。
久慈　まさか、俺にも覚えろっていうのか？
清吉　私らは迷っていた。確かに世の中は悪い方へ悪い方へと向かっている。若い私らがなんとかしなくちゃいけない。かと言って、プロレタリア文学もプロレタリア演劇も、世の中を変える力なんてない。

北上　その時、宮沢賢治を知ったんだ。
清吉　東京から遠く離れたところで、たった一人で戦っている男がいる。机の上でなく、土の上から芸術を生み出している。難しい主義主張でなしに、澄んだ言葉で詩や童話を書いている。私らには衝撃だった。

久慈　「世界がぜんたい幸福にならないうちは――
清吉　――個人の幸福はあり得ない」

釜石　（久慈に）いい言葉じゃないか。岩手の技師が書いたとはとても思えない。どうやら、おまえの言う通り、ダ・ビンチなみの天才らしいな。

久慈　え？

釜石　で、その天才に会って、どんな話をしてきたんだ。

久慈　いろんな話をしたさ。

釜石　詩とか童話は見せてもらわなかったのか？

久慈　見せてもらったとも。実は、いやがるのを無理やり頼んで、童話を一つ借りてきた。おまえらにも見せてやろうと思って。

北上　どんな童話だ。

久慈　まだどこにも発表してないいんだとさ。俺たちが第一号の読者だ。

清吉　題名は？

久慈　『ペンネンノルデの伝記』

そこへ、鮫島金四郎がやってくる。丸めた紙を持っている。

鮫島金四郎　あの、ちょっとすいません。

久慈　なんだよ、せっかく調子が出てきたのに。

鮫島金四郎　稽古中に申し訳ないんですけど、お客様なんです。

北上　誰に？

鮫島金四郎　役者の皆さんに。
釜石　今、忙しいんだ。待っててもらってくれ。
鮫島金四郎　いいんですか、待たせちゃって。お客さんて、テレビ局の人ですよ。
水沢　テレビ局？
鮫島金四郎　今度の公演について、インタビューがしたいんだそうです。
釜石　悪いけど、時間がないんだ。あんたが代わりに答えておいてくれ。
鮫島金四郎　じゃ、お言葉に甘えて。（と歩き出す）
水沢　裏方がテレビに出てどうするのよ。インタビューなら、私に任せて。（と歩き出す）
釜石　おい、待てよ。
水沢　うまく宣伝すれば、お客さんが増やせるじゃない。やっぱり、マスコミは大切にしないと。
釜石　マスコミより、稽古の方が優先だろう？
清吉　まあまあ、ちょっと休憩にしようじゃないか。
水沢　おじいちゃん、話せる。
北上　どうしよう。この恰好でいいかな？
水沢　いいわよ。あなたはその恰好が一番似合ってる。私は着替えてくるわね。
釜石　俺も着替えてくるかな。

水沢・北上・釜石が去る。

鮫島金四郎　じいちゃん、大道具の絵、描いてみたよ。（と紙を広げる）
ふなひこ　へえー、これがミドリ館か。
清吉　私が住んでいたミドリ館は、こんなんじゃない。
鮫島金四郎　そう言うなよ。一から作り直してる暇はないんだから。
あゆみ　（清吉に）予算だって、あんまりないんだからね。
清吉　仕方ない。これで手を打とうじゃないか。
鮫島金四郎　じゃ、早速、作り始めるよ。
あゆみ　ふなひこ、あんたも手伝いなさい。
ふなひこ　よし。役者がダメなら、大道具で勝負だ。

鮫島金四郎とふなひこが去る。

久慈　じいさん、その本、見せてくれ。
清吉　ああ。（と本を差し出す）
久慈　（受け取って）宮沢賢治の全集か。（とページをめくる）
清吉　八ページだ。
久慈　え？
清吉　さっきの言葉が読みたいんだろう？
久慈　仕方ないだろう。覚えなくちゃいけないんだから。

清吉　今の顔、捷馬に似ていたな。
久慈　嘘つけ。
清吉　照れると、口がとんがるんだ。
久慈　演技の参考にさせてもらうよ。

久慈が去る。

ミハル　よかったね、おじいちゃん。
清吉　何が。
ミハル　みんな、やる気が出てきたみたいじゃない。これなら、きっといいお芝居ができるよ。
清吉　私にはみんな、自分のことしか考えてないように見えるがな。
ますよ　それは、おじいちゃんも同じでしょう？
清吉　ま、五人はそこそこの演技をしてくれるだろう。
ますよ　問題はミハルよね。
清吉　(ミハルに) どうだ。役作りは進んでいるか？
ミハル　(後ずさりをする)
清吉　後ろの方に進んでいるのか？

ミハルと清吉が去る。

ますよ
あゆみ
ますよ

稽古はちっとも進まないけど、時間はどんどん過ぎていく。
結局、この日は、最初の場面をやっただけでおしまい。
あっという間に四日目が来た。

7

十二月二十二日の夜。
一関と妙子がやってくる。妙子はファイルを持っている。一関が周囲を見回す。あゆみとますよが大道具の陰に隠れる。

妙子　なんですか、相談て?
一関　実は、衣裳のことなんですけど。
妙子　それなら、心配いりませんよ。私がちゃんと用意してます。(とファイルを開いて)一関さんは、女中さんの役でしたよね?
一関　そうです。志乃って名前の、いてもいなくてもいい役です。でも、衣裳ぐらいは、目立つのを着たいじゃないですか。
妙子　志乃さんは着物ですね。今朝、楽屋に吊るしておきましたけど。
一関　知らなかった。いつの間に買ったんですか?
妙子　買ってませんよ。私のを家から持ってきたんです。
一関　今、なんて言いました?　私の?

妙子　ええ。私が結婚した時、実家の両親に買ってもらった着物です。つまり、私の嫁入り道具ね。でも、今回は特別にお貸ししましょう。
一関　それって、何年前の話ですか？
妙子　結婚したのが二十五だから、イヤだ、年がバレちゃうわ。
一関　お母さんの年はどうでもいいんですよ。私は、古いのは困るって言ってるんです。
妙子　古くなんかないですよ。何回も着てないから、新品同様です。
一関　でも、何十年も、簞笥の底で眠ってたんでしょう？　私、やっぱり、新しいのが着たいなあ。
妙子　まさか、買えって言うんですか？
一関　いいでしょう？　予算はたっぷりあるんだから。

そこへ、水沢がやってくる。

水沢　聞いたわよ、今の話。
一関　え？　話って、何のこと？
水沢　しらばっくれるんじゃないわよ、泥棒猫。自分だけいい衣裳を着ようなんて、ずるいわよ、女狐。
一関　私はただ、役作りのために――
水沢　衣裳で役作りしようなんて、百年早いわ。学生演劇は体操着でたくさんよ。それより、

妙子　舞台監督さん。私の衣裳はどうなってるかしら？
水沢　（ファイルをめくって）円香《まどか》さんはワンピースですね。
妙子　ウソ。私の役は、映画会社の社長令嬢よ。
水沢　あの時代は流行ってたんですよ。義父にも聞いて確かめました。
妙子　でも、お客さんはそんなこと知らないわけでしょう？　やっぱり、一目で金持ちの娘ってわかる服を着なくちゃ。
水沢　小林幸子ですか？
妙子　そんなバカみたいなのじゃなくて、これよ。（と本を差し出す）
水沢　（受け取って）『ベルサイユのばら』？
一関　こういうゴージャスなドレスが着るのが、私の夢だったのよ。
水沢　でも、これ、時代が百五十年ぐらい違うんじゃないですか？
妙子　細かいこと言うんじゃないの。どうせ芝居はつまんないんだから、せめて衣裳で客を楽しませなくちゃ。あゆみ！　あゆみ！

あゆみとますよが大道具の陰から出てくる。

あゆみ　呼んだ？
妙子　衣裳の予算って、どれぐらいあったっけ？

あゆみ　ないよ。
妙子　え？
あゆみ　予算は一銭もないよ。だから、家にあるもので間に合わせて。
水沢　（本を差し出し）これ、お宅にあります？
ますよ　あるわけないでしょう？　家はベルサイユ宮殿じゃないんだから。
水沢　じゃ、私の衣裳は？
妙子　私が作ります。得意なんですよ、お裁縫は。子供たちが小さい頃は、全部私が作ってたんです。ワンピースなら、一日で充分。
一関　なんでよ。おじいちゃんは一千万持ってるんじゃないの？
あゆみ　（ポケットから電卓を取り出して）劇場費が五百万、役者の出演料が三百五十万、新聞の広告代が百万。残りはいくら？
一関　五十万。
あゆみ　その五十万で、照明と音響と大道具をやらなくちゃいけないんです。衣裳に使えるお金なんて、一銭もありません。
水沢　あなたたちには、役者の気持ちがわかってないわ。役者はね、自分の着たい服が着られないと、いい演技ができないのよ。
ますよ　だったら、自分で買ってください。
水沢　夢がガラガラと……。

そこへ、清吉・釜石・久慈・北上がやってくる。

久慈　衣裳会議は終わったかい？
水沢　会議と一緒に、私の夢も終わったわよ。
釜石　じゃ、さっきの続きを始めるか。
北上　（水沢に）いよいよあんたの出番だよ。がんばってね。
水沢　もう何の気力も残ってない。
一関　こうなったら、演技で目立つしかないですよ。
清吉　昭和六年九月二日。

妙子・あゆみ・ますよが大道具に座る。ますよがノートとペンを出す。

釜石　みんな、円香さんをお連れしたぞ。
水沢　ごきげんよう、皆さん。
一関　私、お嬢様のお世話をしております、志乃と申します。本日はお招きいただいて、ありがとうございました。
水沢　招かれたのは私だけよ。おまえは後ろで静かにしてなさい。
北上　いきなりお呼び立てして、すいませんでした。汚い所で、驚かれたんじゃありませんか？

水沢　殿方ばかりの下宿ですもの、汚いのは当たり前ですわ。でも、謙三さんにはちょっと不釣り合いなんじゃないかしら。（釜石に）どうして家出までして、こんな所へいらっしゃったの？
釜石　家出じゃない。僕は独立したんです。僕も今年で二十歳になりました。いつまでも、親父の世話になっているわけにはいきません。
水沢　立派だわ。
釜石　いや、僕は男として当然のことをしたまでです。
水沢　ますます立派だわ。でも、私はちょっぴり淋しいな。
釜石　なぜ円香さんが淋しいんです。
水沢　それならそうと、どうしてひとこと言ってくださらなかったの？　私もご一緒したかったのに。
久慈　それはどういう意味ですか？
北上　まあまあ、立ち話というのもなんですから、こちらへお掛けください。
水沢　志乃、ハンカチーフを出して。
一関　はい、お嬢様。（とハンカチを差し出す）
水沢　ソファーに敷くのよ。そうしないと、座れないでしょう？
一関　はい、お嬢様。（とソファーに敷く）
清吉　そのソファーはキレイですよ。
北上　やめろよ、清吉。

清吉　確かに、この下宿は古い。住んでいるのも貧乏学生ばかりだし、けっして上品な所とは言えないでしょう。しかし、けっして汚くはない。大家さんの娘さんが、毎日心を込めて掃除をしてくれていますから。

水沢　いくら掃除をしても、下宿は下宿。謙三さんの住むような所じゃないわ。いっそのこと、私と二人で暮らしません？

久慈　それはどういう意味ですか？

水沢　二人で外国へ行くのよ。ロンドンもニューヨークもいいけど、外国だったら、やっぱりパリね。モンマルトル辺りでアパートメントを借りて、シャンゼリゼ通りでカフェオレを飲みましょう。

久慈　(手を叩いて) おいおい。この芝居は、いつから円香と謙三のラブストーリーになったんだ？

水沢　でも、円香は謙三が好きだったんでしょう？

久慈　だからって、いきなり二人でパリへ行こうなんて言い出すかよ。

清吉　確かに、円香さんは積極的な女性だった。謙三を誘っては、テニスをしたり、演奏会に行ったりしていた。しかし、自分から好きだとは、最後まで言わなかった。

釜石　謙三にその気がないことを知ってたんだろう。(水沢に) あんたのやりたい芝居もわかるけど、時間がないんだ。さっさと話を進めようじゃないか。

水沢　わかった。

釜石　じゃ、パリがどうしたって科白はカットだ。かわりに、ガンが用件を切り出してくれ。

北上　行くぞ。せーの、ハイ。（と手を叩く）
水沢　……円香さん。あなたにここまで来ていただいたのは、折り入ってご相談があったからなんです。実は、今度のクリスマスなんですが――
北上　日曜学校のクリスマス会？　もしかして、引き受けてくださるの？
水沢　ええ、俺たち、アーメンじゃないですけど、みんなで芝居をやってみようと思いまして。
釜石　ヨセフは誰？　やっぱり謙三さんがやるの？
水沢　いや、僕らがやりたいのは、別の芝居でして――
一関　それなら、マリアは私ね。志乃、おまえにも役をあげるわ。
水沢　私も出ていいんですか？
一関　おまえはいい子だから主役よ。
水沢　主役？　私なんかにできるかしら。
一関　できるわよ。イエス様の科白は一つしかないんだもの。試しに言ってごらんなさいよ、「バブー」って。
久慈　いいです。私、客席で見てます。
水沢　（水沢に）誤解しないでください。僕らがやりたいのは、聖誕劇じゃないんです。『ペンネンノルデの伝記』という童話をもとにしたやつで――
久慈　それは困るわ。私は聖誕劇をやってほしいと言ったはずよ。
水沢　こいつもとってもいい話なんですよ。子供たちも喜ぶと思うなあ。でも――

釜石　お願いします、円香さん。僕を助けると思って。
水沢　いいわよ。謙三さんのやりたいお芝居をやってよ。実を言うと、聖誕劇なんて見飽きてたのよ。
北上　で、問題は衣裳と小道具なんです。円香さんのお父さんの会社なら、いろいろ揃ってますよね？
水沢　父に頼めば、なんでも借りられると思いますけど。
北上　ありがとうございます。しかし、問題は他にもあるんです。芝居をやるからには、一人でも多くの人に見てもらいたい。そのためには、宣伝が必要です。しかし、俺たちには、チラシやポスターを作る金がない。
水沢　私にお金を出せって言うの？
釜石　お願いします、円香さん。
水沢　いいわよ。いくらでも出すわよ。百万でも二百万でも、謙三さんの好きなだけ使ってよ。
久慈　（手を叩いて）ちょっと待てよ。いくらなんでも、百万はオーバーだろう。
水沢　でも、円香は社長令嬢でしょう？
久慈　今とは物価が違うんだよ。東北の農家の娘が、一人百二十円で売られていた時代なんだ。大学出の初任給が五十円だった。ひどい不景気だったからな。
清吉　（水沢に）時代背景ぐらい、調べてこいよな。
久慈　ごめん。
水沢　じゃ、円香の科白から、もう一度行こう。せーの、ハイ。（と手を叩く）
釜石

水沢　……いいわよ。いくらでも出すわよ。百円でも二百円でも、謙三さんの好きなだけ使ってよ。
一関　お嬢様、そんなに気安く引き受けちゃっていいんですか？
水沢　私は謙三さんの力になりたいの。
一関　お気持ちはわかりますけど、騙されちゃいけません。この人たちは、お嬢様を利用するつもりなんですよ。
水沢　私は利用なんかされないわ。ちゃんと交換条件を出すもの。
釜石　まさか、かわりに主役をやらせろって言うんじゃないでしょうね？
水沢　そんなワガママは言わないわ。私の出番は一つだけで結構よ。ただし、謙三さんと一緒に出させてほしいの。
釜石　それは困る。女の役は一つしかないんだ。
水沢　だったら、その役をやらせてちょうだい。
釜石　しかし――
北上　いいじゃないか、やってもらえば。配役はまだ決まってないんだし。
清吉　残念ですが、アルネの役はもう決まっています。
水沢　誰がやるのよ。
清吉　ミハルさんです。この下宿の娘さんです。
久慈　そうか。あの人ならピッタリだな。
北上　（清吉に）そんなこと、いつ誰が決めたんだ。

清吉　脚本を書きながら、考えていたんだ。アルネの役は、ミハルさんに合っているんじゃないかって。
水沢　私よりも？
清吉　アルネは心の清い娘です。どんなに暮らしが貧しくても、明るく笑っていられるんです。
水沢　私の心は清くないって言いたいのね？　そんなことを言って、私がお金を出すと思うの？
釜石　円香さん。
水沢　出すわよ。謙三さんのためじゃないの。アルネの役は笑って諦めるわよ。
久慈　（手を叩いて）おいおい、円香って、本当にこんな女だったのか？
水沢　違うかな。
久慈　いくら謙三に惚れてるからって、あまりに調子がよすぎるだろう。
水沢　でも、私は私なりに考えたのよ。
久慈　じいさんはどう思う。
清吉　最初だから、緊張したんだろう。私も昨日はひどいものだった。
久慈　慰めることないんだぜ。こいつは素人じゃないんだから。
水沢　（背を向けて、走り出す）
釜石　逃げるのか？
水沢　（立ち止まる）
釜石　もう一度初めからやり直しだ。今度は緊張しないで頼むぜ。

水沢　（動かない）
釜石　初めからだよ。こっちに来いよ。
水沢　（動かない）
釜石　時間がないんだ。サッサとやろうぜ。
北上　ちょっと休憩にしよう。今すぐやってもうまくいかないよ。
一関　そうよね。私もちょっと疲れちゃった。
久慈　おまえはろくにしゃべってなかったろう。
釜石　何かあるとすぐに休憩だ。こんな調子でラストまで行くのかよ。

北上・一関・久慈・釜石が去る。

清吉　もしかして、あんたも即興は初めてだったんじゃないか？
水沢　（動かない）
清吉　だったら、うまくいかなくても、恥ずかしくないな。
水沢　（動かない）
清吉　私は芝居そのものが初めてだから、ちっとも恥ずかしくない。
水沢　やめてよ。素人に慰められると、余計にみじめになる。
清吉　私は慰めてなんかいない。
水沢　うるさいうるさい。気分転換に、顔でも洗ってこようっと。

清吉　今の顔、円香に似ていたな。
水沢　もういいってば。
清吉　無理に笑うと、おでこにシワが寄るんだ。
水沢　騙されないよ、ジジイのお世辞には。

水沢が去る。

清吉　大失敗。
妙子　おじいちゃん！
清吉　そんなこんなで五日目。

8

十二月二十三日の朝。
釜石がやってくる。ストレッチ運動を始める。一関・北上・久慈・水沢がやってくる。ストレッチ運動を始める。あゆみ・ますよ・ふなひこがやってくる。ストレッチ運動を始める。清吉とミハルがやってくる。清吉もストレッチ運動を始めようとするが、ミハルに止められる。が、清吉はミハルの制止を振り切って、ストレッチ運動を始める。仕方なく、ミハルもストレッチ運動を始める。と、突然、清吉が倒れる。

ミハル　おじいちゃん！　おじいちゃん！
清吉　はい、何でしょう？
ミハル　もう、ビックリさせないでよ。
ますよ　ついに来るべき時が来たかと思ったじゃない。
あゆみ　ますよ。
ふなひこ　（清吉に）でも、九十の年寄りがストレッチなんて、ムチャクチャだよ。発作が起きたらどうするんだよ。

一関　発作って？
あゆみ　心臓があんまりよくないのよ。六月の末にも一回倒れちゃって。
北上　そのわりに元気だね。
清吉　私はあの時、一度死んだんだ。だから、二度と死なない。
久慈　それを聞いて安心したよ。今、じいさんに死なれたら困るからな。
水沢　あと三日我慢してよ。その後はどうなってもいいから。
あゆみ　水沢。
水沢　なんだよ。
あゆみ　なんでもないです。
清吉　よし、昨日の続きを始めるか。
釜石　その前に、大道具をやろう。昨日作った分を建てるんだ。
ミハル　（奥に向かって）鮫島さん、出番ですよ。
ふなひこ　俺、呼んでくる。

ふなひこが去る。

水沢　やっぱり、このままじゃまずいわよね。
釜石　昭和六年には見えないからな。
一関　前の劇団て、どんなお芝居をやってたんだろう。

北上　翻訳ものじゃないの？　外国の屋敷って感じがするじゃない。
久慈　しかも、現代だな。窓の向こうのビル、あれがよくないんだ。

久慈が去る。後を追って、ますよも去る。

水沢　で、これをどうやってミドリ館にするわけ？
釜石　一から作り直してる暇はない。だから、内装だけ取り替える。大部分は、昨日、鮫島くんが作ってくれたんだ。
北上　（水沢に）昨夜、稽古が終わった後、私たちも手伝ったんだよ。あんたはサッサと帰っちゃったけど。
水沢　だって、私、トンカチなんて持ったことないんだもの。
釜石　あんた、習字はできるか？
水沢　小学校の時、書き初め展で金賞を取ったことがある。
釜石　じゃ、標語を書いてくれ。昔の下宿の壁には、「整理整頓」とか書いたのが貼ってあったろう。
水沢　私が得意なのは、「初日の出」なんだけど。

そこへ、妙子・ふなひこ・鮫島金四郎が脚立を担いでやってくる。

鮫島金四郎　とうとう、僕の出番ですね？
釜石　何から始めようか。
鮫島金四郎　まずは、カーテンを外しましょう。お母さん、脚立を押さえてもらえますか？
妙子　（脚立を押さえて）こうですか？
ふなひこ　（鮫島金四郎に）あの、僕は？
鮫島金四郎　君、高い所は得意そうだね。試しに、上ってみる？
ふなひこ　任せてください。

妙子と鮫島金四郎が脚立を押さえる。ふなひこが脚立に上る。奥の窓の向こうに、久慈とますよが現れる。

久慈　おーい、このビルどうする？
ミハル　うわー、こっちから見ると、キングコングみたい。
久慈　そうか？
ふなひこ　キングコングって言うより、ゴジラだよ。
久慈　そうかそうか？
ますよ　じゃ、私はキングギドラね。よし、ゴジラ、勝負だ。
あゆみ　ますよ。
久慈　なあ、どうする？　やっぱりぶっ壊すか？

釜石　丁寧に壊して、木に作り変えよう。木なら、時代がごまかせるだろう。
清吉　そいつはいい。ミドリ館の裏には、雑木林があったんだ。
北上　書き割りでいいなら、私が描くよ。こう見えても、美大出身なんだ。
鮫島金四郎　それは、また夜にしましょう。皆さんは稽古をしてくださいよ。
釜石　じゃ、お言葉に甘えて、昨日の続きを始めるか。
あゆみ　ますよ、昨日の台本は？
ますよ　ちゃんとコピーしてきたわよ。（役者たちに）今から配りますね。

ますよが台本を配る。一関は二冊受け取る。ミハルがこっそり逃げ出そうとする。

清吉　ミハルさん、どこへ行くんだ？
ミハル　ちょっと、おトイレ。
清吉　おトイレなら、さっき行っただろう。
北上　（ミハルに）とうとうあんたの出番だよ。がんばってね。
ミハル　あ、そうだ。私、お昼のお弁当を買ってこないと。
一関　待ちなさいよ。（とミハルに台本を差し出して）昨日、私が代役をして、エチュードをやっておいた。ミハルさんの科白は全部ここに書いてあるから。
ミハル　（受け取って）でも、私——
水沢　つべこべ言ってないで、覚悟を決めなさい。

清吉　昭和六年九月三日。

あゆみとますよが大道具に座る。ますよがノートとペンを出す。水沢と一関は大道具の作業を手伝う。

釜石　すいません、ミハルさん。わざわざお呼びして。

ミハル　いいいえ。

釜石　実は、ミハルさんに折り入って相談したいことがありましてね。

北上　俺たち、芝居をやるんですよ。それで、できればミハルさんにも出てもらえないかと思って。

ミハル　イヤです。

北上　そんな、いきなり断らないで、話を聞いてくださいよ。

ミハル　話を聞いても同じです。イヤなものはイヤです。

北上　なぜですか？

ミハル　あなたたちにはわかってないのよ。知らない人の前で演技するのが、どんなに恥ずかしいか。あなたたちには快感でもね、普通の人には裸になるぐらいイヤなことなのよ。だってそうでしょう？　うれしくもないのに笑ったり、悲しくもないのに泣いたり、そんなの全部ウソじゃない。ウソをついてるところを見られるのが快感なんて、異常よ。役者はみんな異常なのよ。ううん、異常なんてもんじゃない。あんたたち全員、変態よ。

役者たちが拍手する。

釜石　すばらしい。見事な演技だ。

ミハル　演技じゃないわよ。私は本気で怒ってるの。

釜石　いやいや、役者なんかやりたくないって気持ちが、あますところなく出ていた。（久慈に）完璧だったよな？

久慈　（ミハルに）やればできるじゃないか。素人だなんて思えないよ。

ミハル　またまた。私を騙そうとしてるんでしょう？

久慈　バカ。俺は本気で感動してるんだ。たまにいるんだよな。頭で考えなくても、いい科白が次から次へと出てくるヤツって。頭じゃなくて、心で科白が言えるんだ。

ミハル　私も今、何も考えてなかった。

久慈　悔しいけど、あんた、才能あるよ。素直に負けを認める。

ミハル　才能だなんて、そんな。ただのまぐれ当たりよ。

釜石　これで、このシーンは大丈夫だな。でも、一応最後までやっておくか。

ミハル　その方がいいと思う。私もまだ心配だし。

釜石　じゃ、ガンが詳しい話をバカにするところから。

ミハル　バカって誰？

釜石　せーの、ハイ。（と手を叩く）

北上　ミハルさん、俺たちがやるのは、今、流行のプロレタリア演劇なんかじゃない。『ペン

清吉　ネンノルデの伝記』という芝居なんです。
ミハル　（ミハルに）僕が脚本を書いたんです。
北上　清吉さんが？
ミハル　しかし、これにはもとがありましてね。宮沢賢治という偉い詩人が書いた童話を、芝居に直したものなんです。
清吉　（ミハルに）僕が直したんです。
久慈　宮沢賢治って、撻馬さんのお好きな方？
ミハル　そうですそうです。覚えていてくれたんですか？
ミハル　だって、いつも詩を口ずさんでいらっしゃるじゃないですか。「けふのうちに／とほくへいつてしまふわたくしのいもうとよ／みぞれがふつておもてはへんにあかるいのだ」
久慈　『永訣の朝』ですね？
ミハル　僕はこれが一番好きだって。
久慈　そうなんですよ。『永訣の朝』は、宮沢先生が、妹のトシ子さんが亡くなった時のことを書いたものなんです。口ずさんでいると、自然に涙が溢れてきます。
ミハル　わかります、その気持ち。
久慈　そうですか？　わかりますか？
釜石　（ミハルに）だったら、話が早い。僕らは今、宮沢賢治という詩人の存在を、一人でも多くの人に知らしめたいと考えているんです。そのためには、宮沢先生の作品を読んでもらうのが、一番早い。

北上　しかし、岩手の詩人の作品なんか、どの雑誌も載せてくれません。
釜石　そこで、僕らが芝居にして、東京中を回ろうというわけです。
ミハル　たった四人で？
北上　だから、ミハルさんにお願いしてるんですよ。男の役は、俺たち四人がやるからいい。
しかし、アルネという女の役は、俺たちでは無理だ。
ミハル　でも、私はお芝居なんて一度もやったことがないんですよ。
清吉　ミハルさんにやってほしいんです。
ミハル　どうして私なんですか？
清吉　ミハルさんでなければダメなんです。
北上　いや、清吉が言うにはですね、アルネの役は、ミハルさんのことを思い浮かべながら書いたんだそうです。ミハルさんにぴったりの役だから。
ミハル　どういう役なんですか？
清吉　主人公のノルデの恋人役です。汽車の中で出会って、森の中で結婚するんです。
ミハル　そんな重い役、私には無理だわ。
清吉　お願いします。あなたしかいないんです。
ミハル　私なんかが恋人で、ノルデの役の方はいいのかしら。
北上　いや、配役はまだ決まってないんですよ。あなたがアルネになったら、みんなノルデをやりたがるだろうな。
清吉　ノルデは僕がやります。

釜石　待てよ、清吉。
清吉　ノルデの僕がいいと言っているんです。だから、アルネをやってください。
釜石　勝手なことを言うな。おまえがノルデをやるって、いつ誰が決めたんだ。
清吉　今、俺が決めたんだ。
釜石　ノルデは科白が一番多いんだぞ。やっぱり、撻馬がやるべきなんじゃないか？
北上　俺も当然、撻馬がやるんだと思っていた。
久慈　そうか？　やっぱり、俺か？
清吉　俺が書いた脚本だ。どう演じればいいか、一番わかっているのは俺だ。
釜石　しかし、宮沢先生のことが一番わかっているのは撻馬だ。ここは潔く、撻馬に任せたらどうだ。
清吉　俺にやらせてくれ。
釜石　清吉、男らしく諦めろ。
清吉　撻馬、俺に譲ると言ってくれ。
久慈　清吉、おまえの気持ちもわからないではないが、俺だってやりたいのは同じだ。ここは公平に、ミハルさんに選んでもらうというのはどうだ。
ミハル　私がですか？
北上　それはいい。大事なのは、ミハルさんがやってくれるかどうかだ。相手役が嫌いなヤツだったら、やるとは言ってくれないだろう。
ミハル　嫌いな方なんていません。私には選べません。

釜石　何も実際に恋人になれと言ってるんじゃない。どちらが主役をやるべきか、ミハルさんの意見が聞きたいんです。

ミハル　でも――

清吉　選んでください。俺か、撻馬か。

ミハル　できません。

清吉　選んでください。どっちがいいか。

ミハル　選ぶなんて、私には無理です。

久慈　ミハルさん。

ミハル　……皆さんの目的が、宮沢先生のすばらしさを広めることなら、それを一番わかっている方が主役をやらないと……。

釜石　よし、ノルデは撻馬に決定だ。

久慈　ミハルさん、アルネをやってくれますか。

ミハル　私なんかでお役に立つなら。

北上　ありがとうございます。早速、来週から稽古を始めましょう。本番まで、あと三月しかないんだ。

清吉　いや、本番は二週間後だ。

北上　二週間後？

清吉　九月二十日だ。その日までに、なんとかこの芝居を仕上げるんだ。

釜石　（手を叩いて）じいさん、いきなり何を言い出すんだ。

久慈　本番はクリスマスじゃないのか？　円香さんが通ってる教会で、子供たちに見せることになってたんだろう？
清吉　初めはその予定だった。しかし、捷馬の兄貴から手紙が届いたんだ。九月二十日に、宮沢先生が東京へ来るって。
釜石　じいさんの芝居を見るためにか？
清吉　そうじゃない。東北砕石工場の仕事だ。しかし、そのついでに、ミドリ館へ寄ってくださったんだ。
北上　じゃ、おじいちゃんは宮沢賢治本人に会ったの？
清吉　会った。
釜石　もしかして、上演が中止になったのは、その時だったのか？
久慈　そんなバカな。中止になったのは、クリスマス・イブだろう？　捷馬が結核で倒れて、病院に運ばれたんだ。
清吉　すまん、捷馬。
久慈　すまんてなんだよ。
清吉　私は嘘をついていた。
久慈　どうして今まで黙ってたんだよ。
清吉　私は捷馬が憎らしかった。だから、せめて芝居の中だけでも、ひどい目に遇わせてやろうと思って。
久慈　江戸の仇を長崎で討つな！

釜石　まあ、いい。そうとわかったら、後のシーンは全部カットだ。じいさん、事情を聞かせてくれ。

北上　でも、宮沢賢治が出るなら、もう一人、役者が必要だよ。

久慈　そうか。今から、役を増やすなんて、どう考えても無理だな。

清吉　私がなんとかしよう。

久慈　また家族の誰かにやらせようって言うのか？　孫だけは勘弁してくれよな。

清吉　ふなひこに宮沢先生は無理だ。やはり、大人の男がやらないとな。しかも、宮沢先生のことをよく知っている男が。

久慈　そんな男がいるのかよ。

清吉　六日目、宮沢賢治がやってくる。

清吉・ミハル・釜石・久慈・北上が去る。水沢・一関・妙子・あゆみ・ますよ・ふなひこ・鮫島金四郎も去る。

9

十二月二十四日の夜。

清一郎がやってくる。ケーキの箱を持っている。舞台をキョロキョロ見回し、柱に寄りかかる。と突然、奥から壁が出てくる。驚いて壁を押し戻そうとするが、ビクともしない。諦めて反対側へ行くと、そっちからも壁が出てくる。やはり押し戻そうとするが、やはりビクともしない。そこへ、あゆみ・ますよ・ふなひこがやってくる。

あゆみ　こらっ！

清一郎　うわーうわー！　すいません。わざとやったんじゃないんです。自分で直しますから、トンカチを貸してください。

あゆみ　お父さん。

清一郎　なんだ、おまえたちか。

ますよ　いきなり壁が出てきて驚いた？

あゆみ　お父さんが壊したんじゃないのよ。これは大道具なの。

清一郎　大道具？

ふなひこ　昨夜、俺たちが作ったんだ。
清一郎　道理で、帰りが遅いと思った。十一時過ぎても誰も帰ってこないから、一人で先に寝たんだ。
ますよ　淋しかった？
清一郎　単身赴任の頃を思い出した。
ますよ　だから、とうとう仲間に入る決心をしたのね？
清一郎　バカ。今日は会社が終わったらこっちへ来てくれって、妙子に言われたんだ。
あゆみ　何か大事な話があるみたいよ。ふなひこ、お母さんを呼んできて。三分以内に呼んでこないと――
ふなひこ　わかったわかった。

ふなひこが走り去る。

清一郎　おまえたち、去年のクリスマス・イブを覚えてるか。
あゆみ　みんなでケーキを食べたよね。
清一郎　あゆみは生クリームがいいって言って、ますよはチョコがいいって言って、ふなひこはアイスがいいって言って、結局、三つ買ってきたんだ。
ますよ　ロウソクを立てたら、なんか荘厳な雰囲気になっちゃったよね。
あゆみ　全部食べきれなくて、お正月のお節の中にも入ってたっけ。

清一郎　それが世間一般のクリスマス・イブの過ごし方なんだ。劇場で大道具を作って過ごす家族なんて、普通いないぞ。
あゆみ　でも、結構おもしろいのよ、ナグリを叩くのって。
清一郎　ナグリを叩く？　父さん、おまえが何を言ってるのか、わからなくなってきた。

そこへ、妙子・ふなひこ・鮫島金四郎がやってくる。妙子はサンタクロースの恰好をしている。鮫島金四郎はトナカイの恰好をして、トランクを持っている。

妙子　メリー・クリスマス、あなた！
清一郎　もう何もわからない。
妙子　仕事で疲れてるところをすいません。今夜はクリスマス・イブだから、あなたにプレゼントをしようと思って。
清一郎　プレゼントなら、家で渡してくれればいいだろう。
妙子　ここでなくちゃダメなんですよ。鮫島さん。
鮫島金四郎　メリー・クリスマス、お父さん！（とトランクを差し出す）
清一郎　なんですか、これは？
鮫島金四郎　トランクですよ。宮沢賢治が昭和六年に上京した時、こういうトランクを持ってたんだそうです。
清一郎　そんなものを、なぜ私に？

妙子　これを持って登場すれば、どんなに演技が下手でも、宮沢賢治に見えるんですよ。
清一郎　俺が？
鮫島金四郎　そうです。
清一郎　宮沢賢治に？
妙子　そうそう。
清一郎　なって舞台に出る？
ふなひこ　すごい！　父さんも役者の仲間入りをするんだ！
清一郎　バカ！　どうして俺が役者なんかやらなくちゃいけないんだ！

そこへ、清吉とミハルがやってくる。

清吉　清一郎、おまえがどうしても必要なんだ。
清一郎　俺が引き受けると思いますか。
清吉　おまえが引き受けてくれなければ、この芝居は上演できなくなる。
清一郎　脅迫してもムダですよ。俺としては、上演できなくなった方がいいんだ。我が家の恥を世間に晒さずに済む。
清吉　年寄りが芝居をやるのが、そんなに恥ずかしいことか。
清一郎　俺は芝居のことだけを言ってるんじゃない。
清吉　家族を巻き添えにしたからか？

清一郎　それだけじゃない。
清吉　おまえに黙って、金を使ったからか？
清一郎　しらばっくれるのはやめてください。その娘ですよ。
清吉　ミハルさんか？
清一郎　いい年こいて、若い娘にのぼせあがって。世間に知られたら、なんて言われるか。
清吉　清一郎！　ミハルさんに謝れ！
ミハル　おじいちゃん。
清吉　私が世間にどう思われようと構わない。どうせ先は長くないんだ。しかし、ミハルさんはまだ若い。おかしな誤解をされて、将来に傷がついたらどうする。
清一郎　誤解って言い切れるんですか？
清吉　私が好きになったのは、七十年前のミハルさんだ。この人じゃない。
清一郎　それなら、なぜ芝居をやるんです。女のためじゃないとしたら。
清吉　自分のためだ。
清一郎　そう言うだろうと思ってました。父さんはいつも自分のことしか考えないんだ。
清吉　しかし、あの時だけは違った。ミハルさんのことが好きだったのに、自分の気持ちを我慢した。捷馬の方がいいなら、仕方ない。芝居のためだと思って諦めた。それなのに、芝居はできなくなった。
ミハル　だから、もう一度、お芝居をやって、好きだって言いたかったの？
清吉　七十年前のミハルさんにな。

清一郎　そんなことをして、何になるんです。芝居は芝居じゃないですか。七十年前のミハルさんは、もうどこにもいないんですよ。
清吉　いるさ。
清一郎　どこにいるんです。
清吉　ここだ。舞台の上だ。
清一郎　バカバカしい。そういうセンチメンタルな話にはついていけないな。
清吉　後悔だけはしたくないんだ。いつ心臓が止まっても、後悔しながら死ぬのだけはイヤなんだ。
清一郎　後悔しない人生なんて、あるもんですか。
清吉　どうしてもやってくれないのか。
清一郎　会社をサボってクビになったら、どうやってウチの家族を食わせていくんです。夢を追いかけるのは気持ちいいだろうけど、こっちは生活がかかってるんだ。
妙子　あなた。
清一郎　何がプレゼントだ。こんなトランク、会社へ持っていけるか。
鮫島金四郎　お父さん。
清一郎　役者をやれだと？　内気な俺に、そんなことが出来ると思ってるのか。
ふなひこ　父さん。
清一郎　しかも、よりによって、宮沢賢治だと？　俺は賢治が好きなんだ。他のヤツにやらせてたまるか。

あゆみますよ　お父さん！

清一郎　やってやる。やってやるから、そのかわりに、このケーキをみんなで食うんだ。（と箱を差し出して）『きよしこの夜』を歌ってな。クリスマス・イブっていうのは、そうやって過ごすもんだ。

妙子　やっぱり、あなたと結婚してよかった。

清一郎　バカ。「絶対に後悔させない」って言っただろう。

清吉　昭和六年九月二十日。

釜石・久慈・北上・水沢・一関がやってくる。みんな、台本を持っている。清一郎・妙子・あゆみ・ますよ・ふなひこ・鮫島金四郎は大道具に座る。

北上　清吉のヤツ、大丈夫かな。宮沢先生の顔を知らないんだろう？

久慈　宮沢先生は、大きなトランクを持ってくるそうだ。そいつを目印にしろって言っておいた。

水沢　ねえねえ、宮沢先生て、どんな方なの？

久慈　偉い人ですよ。詩人としての才能は、今の日本で五本の指に入る。

水沢　そんな偉い人が、私たちのお芝居を見に、わざわざ岩手から？

久慈　いや、今回の上京は、営業が目的だそうです。

一関　営業って？

久慈　宮沢先生は、東北砕石工場というところに勤めていましてね、そこで作った肥料用の石灰岩を東京で売ろうってわけです。
一関　詩人のくせに石灰なんか売ってるんですか？　あんまり偉いって感じがしないなあ。
釜石　それは違う。詩を書いて威張ってるだけの人じゃないから、尊敬できるんだ。
北上　石灰を売るのも詩を書くのも、すべては農民のためなんですよ。
水沢　すばらしい生き方だわ。その方、きっとクリスチャンね。
釜石　いいえ、日蓮宗です。
水沢　ナンミョーホーレンゲーキョー？　ふん、仏教もなかなかやるじゃない。

ミハル・清吉・清一郎が前に出る。みんな台本を持っている。

ミハル　撻馬さん、宮沢先生がいらっしゃいましたよ。
久慈　宮沢先生、お久しぶりです。長い時間、汽車に揺られて、お疲れでしょう。僕の部屋にお茶を用意しましたんで、ひとまずお休みになりませんか？
清吉　その前に、先生に何か言うことがあるんじゃないか？
久慈　何かって？
清吉　とぼけるなよ。おまえはペンネンノルデの原稿を、宮沢先生から借りたって言ったな。先生は、貸した覚えはないと仰ってるぞ。
久慈　それはおかしい。俺は確かに「貸してほしい」って——

清吉　言ったのか、先生に。
久慈　言ったとも。心の中でこっそりと。
北上　捷馬、おまえまさか――
久慈　（清一郎に）すいませんでした。先生がお怒りになることはわかっていたんです。しかし、僕はどうしてもこいつらに読ませてやりたくて。
北上　そうと知っていれば読まなかったよ。芝居にだってしなかった。
久慈　なんだよ。おまえらだって感動してたじゃないか。
釜石　盗んだものとは知らなかったからだ。捷馬、おまえ、泥棒は嫌いじゃなかったのか？
久慈　泥棒なんて言い方はやめてくれ。俺はただ、一人でも多くの人に、宮沢先生のすばらしさを知ってほしかったんだ。このまま、新聞にも雑誌にも載らなかったら、先生の作品は永久に岩手の土の下に埋もれてしまう。それがイヤだから、みんなで芝居にしようって決めたんじゃないか。先生だって、俺たちの芝居を見れば、勝手に原稿を持ち出したことを許してくださると思ったから。
清一郎　私は何も許さないとは言ってない。
清吉　本当ですか？
清一郎　私の作品を気に入ってくださるのは、本当にうれしい。一人でも多くの人に読んでほしいというのは、作者の私の気持ちでもあります。
清吉　それじゃ、捷馬のしたことを許してくださるんですね？　僕らが芝居をやることも。
清一郎　原稿は返してもらえればそれでいい。しかし、芝居は困る。

清吉　なぜですか？
清一郎　『ペンネンノルデの伝記』は、これから書き直すつもりなんです。私にはまだ不満だらけの作品だから。
釜石　不満だなんてもったいない。あのままでも、すばらしい作品ですよ。
清一郎　ありがとう。しかし、私にはすばらしいとは思えないんです。
北上　先生、お願いします。俺たち、この芝居を二週間も稽古をしてきたんです。せめて一度だけでも上演させてください。
ミハル　私からもお願いします。この人たちは、先生に見ていただきたくて、必死で稽古をしてきたんです。みんな、先生のためだったんです。
清一郎　どうか勘弁してください。
北上　先生。
清一郎　勘弁してください。（と頭を下げる）
水沢　いいじゃないの、一回ぐらい。
一関　お嬢様。
水沢　お客さんは誰も入れないで、ここにいる人間だけでやれば構わないでしょう？　どうせみんな読んでしまってるんだから。
清一郎　本当は、皆さんにも読んでもらいたくなかった。誰にも読んでもらいたくなかったんです。
水沢　いくら作者だからって、あんまりケチなこと言わないでよ。有名な作家ならともかく、

釜石　たかが石灰の行商人のくせに。
清一郎　円香さん！
久慈　原稿を返してください。
清一郎　もちろん返します。返しますから、芝居だけは――
北上　原稿を返してください。
清吉　……清吉。
北上　清吉。
清吉　俺はイヤだ。
釜石　どうしてやってはいけないんだ。脚本にしたのは俺じゃないか。
清吉　もとの話を書いたのは宮沢先生だ。
ミハル　せっかく我慢してきたのに。芝居のためなら仕方ないと諦めたのに。
清一郎　清吉さん。
清吉　（清吉に）さあ、原稿を返してください。
　　　返しません。芝居をやらせてくれないなら、絶対に返しません。

清吉が走り去る。

久慈　円香。
水沢　何よ。また、私？

久慈　おまえは宮沢先生の肩を持つんだろう？　「人から盗んだものを、やるわけにはいかないわ」って。

水沢　でも、今は「一回ぐらいいいじゃない」って思っちゃったのよ。

久慈　何が石灰の行商人だ。宮沢先生に向かって、あんな口の聞き方をするヤツがあるか。

水沢　悪かったわよ。今度は気をつける。

釜石　かわいそうだが、時間切れだ。自分のことしか考えられないヤツに、科白の多い役は無理だ。志乃と交替しろ。

一関　私が円香をやるんですか？

釜石　あんたは一緒に出てたんだ。科白はもう入ってるよな？

一関　ええ。でも――

水沢　円香は私よ。

釜石　確かに、円香の科白を作ったのはおまえだ。しかし、その科白がちゃんと言えないんだ。他のヤツに頼むしかないだろう。

水沢　勝手なこと言わないでよ。演出はあんたじゃないでしょう？

釜石　俺は演出の意見を代弁して言ってるんだ。（清吉に）そうだよな？

清吉が戻ってくる。

清吉　しかし、本番は明日なんだぞ。

釜石　このまま本番に入ってみろ。こいつのせいで、芝居がメチャクチャになるぞ。
清吉　他のみんなも同じ意見なのか？
久慈　下手に情けをかけるより、現実的に考えた方がいいんじゃないの？
清吉　（水沢に）芝居のためだ。我慢してくれないか。
水沢　（去ろうとする）
釜石　逃げるのか？
水沢　（立ち止まる）
釜石　金のためなら、どんな役をやっても同じだろう？
水沢　お金がほしかったら、役者なんかやってないわよ。

水沢が去る。ミハルが後を追いかける。

釜石　ほっとけほっとけ。
ミハル　（立ち止まって）でも――
釜石　舞台に立つには、それなりの勇気が必要なんだ。勇気のないヤツには、サッサと消えてもらった方がいい。
ミハル　六日もつきあってきたのに、こんな別れ方ってないでしょう？（と行こうとする）
妙子　（ミハルを押し止めて）私が行ってきます。あなたはお稽古を続けてください。

妙子が去る。後を追って、あゆみ・ますよ・ふなひこ・鮫島金四郎が去る。

久慈　おいおい、どうするんだよ、志乃の役は。

清一郎　ウチの息子はどうでしょう？　一応、演劇部なんですが。

北上　お気持ちはうれしいんですけど、志乃は女なんですよ。

釜石　こうなったら、カットするしかないな。（一関に）志乃の科白も、円香が言うことにしよう。

一関　できませんよ、そんなこと。

釜石　科白が少ないって、文句を言ってたじゃないか。これで、少しはやりがいが出るだろう？

清吉　最後の場面は、風がほしいな。

北上　風って？

清吉　宮沢先生と私は、最後に上野駅で別れたんだ。汽車が横を通り過ぎて、マントがヒラヒラ翻ったのを覚えている。

北上　『風の又三郎』みたいだね。

釜石　ラストシーンはそれで決まりだな。

久慈　しかし、どうやって風なんか吹かすんだ。

釜石　送風器を借りてくればいいさ。これだけ大きな劇場だと、一台や二台じゃ間に合わないな。

北上　でも、大道具の予算はもう使い切っちゃったんだよ。

釜石　いい芝居にするためだ。仕方ないだろう。

久慈　こうなったら、ジャンジャン使っちまえ。七十万が六十万になったって、構うもんか。

清吉　そして、七日目。本番前のリハーサル開始。

10

十二月二十五日の昼。

あゆみ・ますよ・ふなひこが送風器を押してくる。後から、鮫島金四郎が追いかけてきて、舞台奥へ運ぶように指示する。そこへ、マントをはおった清吉がやってくる。原稿用紙の束を持っている。

清吉　昭和六年九月二十日、全国各紙の一面は、満州の柳条湖で起きた日支両軍の戦闘を大々的に報じていた。満州事変。時代の風はますます激しく、ますます冷たくなっていく。ミハルさん、吹雪です。北から吹いたこの風は、間違いなく吹雪です。僕の舌が凍りついて、何も話せなくなる前に、あなたに言いたいことがある。あなたの耳に届くまで、僕は叫び続けるしかない。ミハルさん、聞こえますか。僕の声が聞こえますか。

あゆみ・ますよ・ふなひこ・鮫島金四郎が送風機を押して去る。そこへ、ワンピースを着た一関がやってくる。

一関　清吉さん、どこへ行くの？

清吉　それは言えません。
一関　どこへ行こうと構わないけど、その原稿は置いていきなさい。
清吉　イヤです。
一関　あなたも作家を目指しているなら、宮沢先生のお気持ちはわかるでしょう？　自分の気に入らない作品を、他人に勝手に読まれたら、あなただってイヤなはずよ。
清吉　しかし、僕はもう読んでしまった。
一関　忘れるのよ。読んだことも、お芝居に直したことも。
清吉　他のすべては忘れられても、アルネを忘れることはできません。
一関　アルネはノルデが好きなのよ。
清吉　そんなことはわかっています。
一関　だったらどうして――
清吉　僕がアルネにあげられるのは、僕の書いた科白だけです。僕の科白をアルネが口にするのを見れば、僕はきっと諦められる。そう信じていたんです。
一関　稽古で何度も口にしたじゃない。あなたの科白を何度も何度も。
清吉　そして、ようやくわかったんです。僕にはやはり、忘れられないって。
一関　清吉さん！

清吉が走り去る。反対側から、釜石・久慈・北上がやってくる。三人は学生服を着て、マントをはおっている。

釜石　円香さん、今、出ていったのは、清吉ですか？
一関　お願い、芝居を止めて。
北上　どうしたの？　気分でも悪いの？
一関　違うの。私にはできないのよ、円香の役は。
久慈　今さら、何を言ってるんだ。
一関　一緒にやってて、わかったでしょう？　私には全然合ってないのよ。
北上　そんなことないよ。科白だって全部言えてたし、ちゃんと円香さんに見えたよ。
一関　科白は言えても、気持ちは全然入らなかった。円香の役は、やっぱりあの人にしかできないのよ。
北上　（釜石に）どうする？　あの人を呼び戻す？
釜石　今さらなんて言えばいいんだ。
北上　正直に、「俺が悪かった」って。
久慈　本番まで、あと一時間しかないんだぞ。今から電話したって、間に合わないだろう。
釜石　（一関に）円香はあんたがやるしかないんだ。あんたがやらなければ、この芝居は上演できなくなる。あんたも役者なら、勇気を見せてみろ。
一関　でも――
釜石　（久慈に）そんなことより、清吉のヤツはどこへ行ったんだ。
久慈　あいつの行きそうな所なんて、本屋か図書館ぐらいしか思い当たらないな。

北上　あとは駅かな。
久慈　どうして駅に行くんだ。
北上　田舎へ帰るんだよ。俺たちのいる下宿に戻れないとしたら、他に泊まる場所なんてないだろう。
釜石　あいつの田舎は宇都宮だったな？
久慈　だったら、上野だ。
北上　走るのか？
久慈　どうせあいつも金はない。うまくいけば、途中で追いつけるぜ。

釜石・久慈・北上が去る。後を追って、一関が去る。反対側から、ミハルと清一郎がやってくる。

ミハル　どうしてもダメですか？
清一郎　申し訳ありません。あの作品には、どうしても気に入らないところがあるんです。
ミハル　私はとても好きですよ。お芝居のお稽古をしている間に、アルネが大好きになりました。
清一郎　そのアルネが問題なんです。
ミハル　どうしてですか？　とても素敵な役なのに。
清一郎　今度の書き直しでは、アルネは出てこないようにするつもりです。
ミハル　それじゃ、ノルデの恋人は？
清一郎　ノルデに恋人はいりません。ノルデはイーハトーブを救うために、最後の場面で死ぬで

ミハル　しょう？　恋人を残して死ぬなんて、あまりに残酷じゃありませんか。
清一郎　それは、アルネの命も助けたかったから——
ミハル　一人のために死ぬのではなくて、たくさんの人のために死ぬことにしたいのです。
清一郎　「世界がぜんたい幸福にならないうちは——
ミハル　個人の幸福はありえない」
清一郎　ノルデは一人で死んでいくんですか？
ミハル　それではあまりに淋しすぎる。だから、妹を出すつもりです。
清一郎　トシ子さんですね？
　　　　いいえ。名前はネリに決めました。ノルデの名前も変えるつもりです。グスコンブドリと。

ミハルと清一郎が去る。反対側から、清吉が飛び出す。後を追って、久慈が飛び出す。

久慈　待てよ、清吉。
清吉　ついてくるな。俺は絶対に返さないぞ。
久慈　おまえの気持ちはよくわかる。宮沢先生がなんて言おうと、芝居はやりたい。やった方が、宮沢先生のためになるんだからな。
清吉　本当に宮沢先生のためか。
久慈　他にどんな理由がある。
清吉　自分のためさ。ミハルさんと一緒に舞台に立つためさ。

久慈　おまえはまだそんなことにこだわっているのか？　そんなにノルデがやりたかったのか？

清吉　俺の質問に答えろ。

久慈　その前に、おまえが答えろ。おまえが芝居をやりたかったのは、ミハルさんのためか？宮沢先生のすばらしさを広めるためじゃなかったのか？　もしそうだとしたら、おまえにこの芝居をやる資格はない。

久慈が振り返る。

久慈　（奥に向かって）円香！　おまえの出番だぞ！

そこへ、妙子が飛び出す。

妙子　ちょっと待ってください。今、衣裳を着替えてるんです。

久慈　このシーンは、さっきの続きだぞ。どうして着替える必要があるんだ。

妙子　どうしても。

久慈　そうか。怖じ気づいたんだな？　あとちょっとでラストシーンなのに。おまえ、それでも役者か？　勇気があるなら、出てこい！　円香！　円香！

そこへ、ワンピースを着た水沢がやってくる。

水沢　お黙りなさい、捷馬さん。

久慈　おまえ、いつの間に。

水沢　あなたに清吉さんを責める資格はないわ。だって、あなたの心の奥にも、ちゃっかりミハルさんがいたんだもの。

久慈　そんなことはない。

水沢　好きな人のためにお芝居をやる。それがどうしていけないの？　私がお金を出したのは、あなたなんかのためじゃない。宮沢先生のためでもない。大好きな謙三さんのためよ。

久慈　俺は違う。

水沢　だったら、なぜノルデの役をやろうとしたの？

久慈　それは、みんなが俺にやれって言うから。

水沢　みんなが俺にやれって言うだろう。最初から、そう思っていたんじゃなくて？

久慈　違う。

水沢　宮沢先生の作品は、他にもいっぱいあったはず。それなのに、なぜわざわざ女の出てくる作品を盗んできたか。決まってるわね。あなたはミハルさんと同じ舞台に立ちたかったのよ。

久慈　違う。そうじゃない。

水沢　弁解する必要はないわ。誰だって、人を好きになる権利はある。もちろん、清吉さんに

清吉　もね。さあ、清吉さん、行きなさい。
水沢　円香さん。
ミハルさんが本当に好きなら、最後まで戦い抜くのよ。

清吉が走り去る。反対側から、釜石・北上・一関が飛び出す。一関は着物を着ている。

北上　清吉は？
水沢　今、あっちへ行きましたわ。（と清吉が去ったのとは逆の方向を指さす）
釜石　そっちじゃなくて、こっちでしょう。
水沢　いいえ、あっち。
釜石　あくまでも、清吉の肩を持つつもりだな？
水沢　私の円香はこういう女なのよ。
釜石　どうして戻ってきたんだ。
水沢　あんたにどうしても謝っておきたいことがあったのよ。私は嘘をついてたの。宝塚にいたって言うのは、真っ赤な嘘。本当は、三回受けて、三回落ちたのよ。
一関　じゃ、芝居をやるのは、これが初めてだったんですか？
水沢　どうする？　私に「出ていけ」って言う？
釜石　せっかく戻ってきたんだ。もうちょっといてもいいぞ。
水沢　サンキュー。

北上 円香さん、あっちの道は、上野へ行くには遠回りじゃないですか？
一関 私、向こうへ誰かが走って行くのを見ましたよ。
水沢 きっと、風の又三郎でしょう。さあ、早く追いかけないと。

釜石・北上・水沢・一関が走り去る。後を追って、久慈も走り去る。反対側から、ミハルと清一郎がやってくる。

清一郎 本当にここへ来るでしょうか？
ミハル 清吉さんの田舎は宇都宮です。汽車に乗るなら、きっとこのホームへ来るはず。
清一郎 寒いですね。
ミハル 風が強いわ。北風ですね。
清一郎 今年もひどい冷害です。農家の娘が、またたくさん売られていくんです。
ミハル 戦争も始まったし。なんだかイヤな時代ですね。

そこへ、清吉がやってくる。

清吉 吹雪がやってくるんですよ。
ミハル 清吉さん。
清吉 宮沢先生。僕らの芝居を許してくださらないのはなぜですか。

清一郎　それはさっきも言ったでしょう。
清吉　客を入れずにやるなら、先生だって構わないはずだ。どうか本当の理由を教えてください。
清一郎　あなたたちには、やってほしくないのです。
清吉　どうしてですか。
清一郎　他にやるべきことがあるはずだから。芝居などではなくて、もっとずっと大切なことが。
清吉　今の僕らには、芝居が一番大切なんです。
清一郎　あなたたちが芝居をやっている間に、世の中はどんどん動いているんです。あなたたちは、芝居をやりながらでも食べていける。しかし、世の中には、娘を売らなければ食べていけない人もいるんです。
清吉　「世界がぜんたい幸福にならないうちは——
ミハル　個人の幸福はありえない」
清吉　しかし、僕は一人です。たった一人の人間です。たった一人で、何十億もの人間のことなんか、考えられません。一人ではいけませんか。自分以外の、誰か一人を幸せにする。みんながそうしていけば、結局は世界がぜんたい幸福になりませんか。
清一郎　好きな人がいるんですね？
清吉　……ええ。
清一郎　芝居をやろうとしたのも、そのためなんですね？
清吉　ええ。

清一郎　その人は、あなたの気持ちを知っているんですか？

清吉　いいえ。

清一郎　それなら、芝居をやる必要はない。その人に、あなたの口から言えばいいでしょう。

清吉　そんなことができれば、芝居なんかやってませんよ。

清一郎　私にも好きな人がいました。しかし、私はその人に「好きだ」とは言いませんでした。私には、その人を愛する資格がないと思ったから。そのことを、私は後悔していません。しかし、あなたはきっと後悔するでしょう。だから——

清吉　宮沢先生。

清一郎　『ペンネンノルデの伝記』は、しばらくあなたに預けます。

清吉　返さなくていいんですか？

清一郎　もちろん、返してもらいます。が、それはあなたが自分のやるべきことをやってからだ。

清吉　やるべきことって？

清一郎　ノルデになること。アルネに好きだと言うことですよ。

清一郎が去る。反対側から、釜石・久慈・北上が飛び出す。

北上　清吉！

久慈　清吉！

釜石　清吉！

清吉　ミハルさん――

　清吉の口が開いた、ちょうどその時。汽車の音。強い風が吹き、清吉のマントが翻った。

清吉　その時、汽車が通り過ぎて、私の声は届かなかった。ミハルさんには届かなかった。大きな声で叫んだのに。汽車にも風にも負けないくらい、大きな声で叫んだのに。
ミハル　聞こえるわけないわよ、清吉さん。
清吉　どうして？
ミハル　だって、一人の声には限りがある。吹雪の中でどんなに叫んでも、一メートル離れてしまえば、もう誰にも聞こえない。
清吉　それじゃ、僕はあの時、どうすれば。
ミハル　ささやくのよ。
清吉　え？
ミハル　耳元でささやくのよ。叫んだりしなくていい。たった一つの耳に向かって、心を込めてささやくのよ。
清吉　心を込めて、ささやく？
ミハル　さあ。

　清吉がミハルに一歩、近づいた。そして、何事かささやいた。

ミハル　もっと近くで。

清吉がミハルに一歩、近づいた。そして、何事かささやいた。

ミハル　もっと近くで。

清吉がミハルに一歩、近づいた。そして、何事かささやいた。

ミハル　もっと近くで。

清吉がミハルに一歩、近づいた。そして、何事かささやいた。ミハルが清吉の顔を見た。そして、ゆっくりとうなずいた。

釜石　オーケイ！　リハーサルは終了だ。

そこへ、水沢・一関・清一郎・妙子・ますよ・ふなひこ・鮫島金四郎がやってくる。「お疲れさまでした」と言い合い、片付けを始める。そこへ、あゆみが飛び出す。

あゆみ　お客さん、たくさん並んでますよ。千までは数えたんだけど、後はイヤになっちゃった。
久慈　おいおい、この劇場に千人は入らないだろう。
水沢　通路に座らせて、後は立ち見よ。それでも入りきらなかったら、舞台の上に上げるのよ。
一関　そんなことしたら、演技の邪魔になりますよ。
水沢　いいのいいの。「満員です」って追い返したら、それだけ儲けが減るじゃない。
北上　どんなにお客さんが入ったって、私たちのギャラは変わらないよ。
水沢　そうか。でも、七十万もらえれば、十分よね。
釜石　そのことなんだけどな、実はあの送風器、借りたんじゃなくて買ったんだ。詳しい話は鮫島君からどうぞ。
鮫島金四郎　僕の知り合いに「貸してくれ」って頼んだら、「いきなり明日は困る」って言うんです。で、釜石さんに「どうしましょう？」って聞いたら、「この際だから、買っちまえ」って。
久慈　で、値段はいくらだったんだ？
鮫島金四郎　百万です。
久慈　百万？　もちろん、三台で、だよな？
鮫島金四郎　もちろん、一台で、です。
一関　てことは、三台で三百万？
水沢　そんなお金、どこにあったのよ。
釜石　どこにもない。だから、俺たちのギャラから出した。

北上　三百五十万引く三百万、割る五は？
一関　十万。
水沢　やっぱり戻ってくるんじゃなかった。
釜石　何言ってるんだ。金がほしかったら、役者なんかやってないって言っただろう？
清吉　それなら、君はどうしてこの芝居をやろうと思った。私の脚本を破いて、七十年前の話を芝居にしようと思った。
釜石　勘だよ。
ミハル　勘て？
釜石　九十のジジイが芝居をやろうって言うんだ。何かよほどの理由がありそうじゃないか。
清吉　私の場合は、ただの失恋だ。残念だったな。
釜石　そうでもないさ。俺の勘は当たったたよ。やっぱり、あんたはただのジジイじゃなかった。
清吉　どうしてわかった？　私がサンタクロースだと。
釜石　あんまり調子に乗ると、客席に突き落とすぞ、クソジジイ。
妙子　そろそろ開場時間ですよ。役者の皆さんは、楽屋へ戻ってメイクを直してください。

釜石・久慈・北上・水沢・一関が去る。

清一郎　父さん、俺の演技、どうだった？　少しは宮沢賢治に似てたかな？
清吉　演技はともかく、髪形が違う。宮沢先生は坊主頭だったんだ。

妙子　あなた、バリカンを買ってきましょうか？
清一郎　バカ。会社で笑い者になったらどうするんだ。今すぐ、買ってこい。
鮫島金四郎　ハイ、ただいま。

清一郎・妙子・鮫島金四郎が去る。

ミハル　おじいちゃん、ありがとう。
清吉　何だ、急に改まって。
ミハル　私、看護婦は辞めない。明日から、また病院へ戻る。
清吉　そうか。またやる気になったか。
ミハル　「一緒にお芝居を作ろう」って言ってくれたのは、そのためだったんでしょう？　もう一度、私にやる気を出させるため。
清吉　そうじゃない。私はミハルさんが好きだったんだ。
ミハル　わかってるわかってる。舞台の上で、七十年前のミハルさんに「好きだ」って言いたかったのよね。
清吉　違うんだ。私が「好きだ」と言いたかったのは、今のミハルさんなんだ。
ミハル　今の？　じゃ、また失恋だ。
清吉　そうか。また振られたか。（としゃがみこむ）
ミハル　でもでも、舞台の上では失恋じゃないんだから、元気出して。

ミハルが手を差し出す。清吉がその手を握って、立ち上がる。

清吉　もう一踏ん張り、がんばるか。
ミハル　がんばろう、がんばろう。
清吉　クリスマスは、ジジイのがんばる日だもんな。

清吉とミハルが歩き出す。

ますよ　こうして嵐のような一週間が過ぎ、とうとう本番の時間が来た。
ふなひこ　結局、俺の出番はなかったけど、また来年があるさ。
あゆみ　来年？　おじいちゃん、また来年のクリスマスも、お芝居をやるの？

あゆみ・ますよ・ふなひこが振り返った、ちょうどその時。強い風が吹き、清吉のマントが翻った。そのマントが、ミハルのカラダを包んだ。

〈幕〉

不思議なクリスマスのつくりかた

WHAT A WONDERFUL CHRISTMAS!

登場人物

チャーリー・ブラウン
スヌーピー
ルーシー
シュレーダー
サリー
ライナス
ペパーミント・パティ
マーシー

※この作品は、チャールズ・モンロー・シュルツ作『ピーナツブックス』、ロッド・サーリング作『柔和な人のクリスマス』を参考にしています。

1

扉が開く。八人の男女が入ってくる。立ち止まって、扉の方を向く。扉が閉じる。八人は黙ったまま、動かない。突然、揺れる。そして、止まる。やがて──

スヌーピー あれ。
サリー 止まっちゃった。
ルーシー どうして？
パティ 変な所、押さなかった？
マーシー 押してません。
ライナス 故障かな。
スヌーピー 嘘だろう？
ルーシー 急いでるのに。
シュレーダー すぐに動き始めるよ。
サリー 非常ボタンは？
シュレーダー 電話がついてるでしょう。

マーシー　……切れてる。
パティ　ちょっと貸して。……何にも音がしない。
スヌーピー　最悪だ。
サリー　誰か気づいてるかな。
シュレーダー　気づいてますよ。
ルーシー　呼んでみない？
ライナス　どうやって？
ルーシー　大声で叫ぶのよ。
ライナス　そんなことしなくたって、待ってればそのうちに——
ルーシー　おーい！　おーい！
スヌーピー　すいません！　聞こえますか！
八人　おーい！　おーい！

声が高まる。途切れる。と、中央手前の後ろ姿が振り返った。

スヌーピー　エレベーターが止まった。

七人が振り返る。八人が周囲の壁を押す。

スヌーピー　いつかはこういう場面に出くわすんじゃないかと思ってたんだ。
ルーシー　でも、どうしてそれが今夜なの？
八人　年に一度のクリスマス・イブ。
サリー　全然返事が聞こえない。
マーシー　こっちの声が届いてないのよ。
スヌーピー　誰か気づいてくれよ！
パティ　大声を出しても、無駄なの。
スヌーピー　それじゃ、俺たち、このまま死ぬのか？
七人　バカ！
シュレーダー　慌てなくても、すぐに気づいてくれますよ。デパートなんだから、警備員だっているだろうし。
ルーシー　本当？
シュレーダー　すぐに直って、動き始めるさ。
スヌーピー　すぐって、どれぐらい？
シュレーダー　一時間か、二時間か。
サリー　一時間もこのまま？
ルーシー　そんなに待てるわけねえだろう、バカ！
七人　まあまあまあ。
ライナス　今、どの辺に止まってるのかな。

パティ　見て見て。四階と五階のちょうど真ん中あたり。
ライナス　そうじゃなくて、地面からどれぐらいの高さかってことですよ。
シュレーダー　十五メートルぐらいかな。
ライナス　エレベーターっていうのは、ビルのてっぺんからワイヤーで吊るされてるんですよね。
地面から十五メートルの高さで、宙ぶらりんか。
七人　宙ぶらりん？
ルーシー　いやだ、こんなクリスマス！
パティ　プレゼントを買いに来ただけなのに！
スヌーピー　最悪のクリスマス。
サリー　閉じ込められたクリスマス。
シュレーダー　立ちっぱなしのクリスマス。
ライナス　疲れて眠いクリスマス。
パティ　死ぬかもしれないクリスマス。
ルーシー　死んでたまるかクリスマス。
マーシー　助けてほしいクリスマス。
チャーリー　それでも、私のクリスマス。
八人　私はけっして忘れない。エレベーターの中で過ごした、ちょっぴり不思議なクリスマスを。

八人が周囲の壁を押す。が、壁に押し戻される。押し潰される、と思った瞬間、中の一人が弾けて前に飛び出す。残りの七人は去る。

2

ライナス

飛び出したのは、ライナス。

十月三十一日はハロウィン。一年の中で、クリスマスの次に大切な日です。他の子はオバケの恰好をして、近所を回ってお菓子をもらってくるけど、僕は違います。日が暮れると同時に、かぼちゃ畑に行くのです。そして、待ちます。誰を待つかって？　もちろん、かぼちゃ大王をです。かぼちゃ大王は、ハロウィンの夜にかぼちゃ畑から現れて、世界中の子供たちにプレゼントを配るのです。という話を聞いて、素直に信じた人、手を挙げて！（と客席を見回して）誰もいない。……そうか。やっぱり、誰も信じてくれないのか。歴史的発見ていうのは、最初はなかなか受け入れてもらえないんだよね。ガリレオが地動説を発表した時も、「バッカじゃねえの」って言われたし。でも、僕は負けない。かぼちゃ大王の存在を絶対に証明してやる。今年こそ、かぼちゃ畑で、かぼちゃ大王に会うんだ！

そこへ、サリーが飛び出す。

サリー　ライナス。あんた、今年もかぼちゃ畑に行くんだって？
ライナス　そうだよ、サリー。よかったら、君も一緒に行かないか？
サリー　それって、もしかしてデートに誘ってるわけ？
ライナス　違うよ。かぼちゃ大王を待つんだよ。
サリー　バッカじゃねえの。
ライナス　バッカとはなんだよ。かぼちゃ大王の存在を信じない君の方が、よっぽどバッカだよ。
サリー　小学生にもなって、よくそんなものが信じられるわね。
ライナス　年なんか関係ないね。僕はかぼちゃ大王のためなら死ねるんだ。信じるもののためなら、命だって惜しくない。

サリー　その科白、去年も一昨年も言ってなかった？
ライナス　一昨年の去年も言ってた。
サリー　三年も待ちぼうけを食らって、まだ待つつもりなの？
ライナス　僕が信じてあげなくちゃ、かぼちゃ大王がかわいそうだからね。
サリー　じゃ、私も信じるわ。
ライナス　今、なんて言った？
サリー　「信じる」って言ったのよ。本当はあんまり信じたくないけど、あんたのためなら我慢するわ。女って、恋をすると、どんなバカなことでも我慢できるの。
ライナス　それじゃ、今夜、僕と一緒にかぼちゃ畑に行こう。かぼちゃ大王を待つんだ。

サリー　行ってもいいけど、何もしない？
ライナス　え？
サリー　真っ暗闇に二人きりで、あんた、理性保てる？
ライナス　大丈夫だよ。僕たち、まだ小学生なんだから。
サリー　私は女で、あんたは男よ。
ライナス　僕が君に何かしようとしたら、いつでも叩いていいよ。まあ、そんなことは絶対にありえないと思うけど。
サリー　じゃ、行くわ。
ライナス　という間に、わあ、ここは夜のかぼちゃ畑だ！
サリー　ここから、かぼちゃ大王が現れるの？
ライナス　かぼちゃ大王は、世界で一番心のこもったかぼちゃ畑から現れるんだ。とすれば、ここより他には考えられない。見てごらん。どのかぼちゃもまるまると太って、おいしそうだろう？
サリー　まるで、人間の頭みたい。
ライナス　この一年間、近所を回って、観察してきたんだ。この畑の持ち主が、最も心をこめて、かぼちゃを作ろうとしてた。
サリー　今年こそは現れるのね？
ライナス　かぼちゃ大王がここに気づかないわけないさ。
サリー　でもさ、誰かがここに現れたとして、その誰かがかぼちゃ大王だって、どうしてわか

るの？　「ハウ・ドゥー・ユー・ドゥー」って握手した相手がオバケだったりしたら
――
ライナス　僕が見間違えるわけないだろう？
サリー　でも、あんた、かぼちゃ大王に会ったことないんでしょう？
ライナス　これがあるから、大丈夫。（と巻物を出す）
サリー　何よ、それ？
ライナス　ジャーン！（と巻物を広げて）かぼちゃ大王の想像図！　ここに現れた人物がこの絵とそっくりだったら、それがかぼちゃ大王さ。
サリー　これ、誰が描いたの？
ライナス　僕だよ。
サリー　あんた、かぼちゃ大王に会ったことないのよね？
ライナス　ないよ。
サリー　何かおかしくない？
ライナス　どこもおかしくないよ。実に科学的じゃないか。
サリー　あんた、「科学的」って言葉の意味、本当にわかってる？
ライナス　という間に五時間経ったけど、まだ現れないね、かぼちゃ大王。
サリー　もう帰らない？　私、眠くなってきた。
ライナス　話をしてれば、眠気も覚めるよ。
サリー　話って、またかぼちゃ大王の話？

ライナス　もちろん。
サリー　せっかく二人きりなんだから、もっと別の話をしましょうよ。
ライナス　たとえば？
サリー　私ね、デートをするなら、かぼちゃ畑なんかじゃなくて、もっとロマンチックな所に行きたいの。まずは映画館でラブ・ストーリーを見て、次にホテルのバーでカクテルを飲んで、それから夜の砂浜で肩を並べて座るの。「あ、流れ星」「あの星を君にあげるよ」「ありがとう、ライナス。私、あの星をサリー彗星と名づけるわ」
ライナス　かぼちゃ大王はデートなんかしないんじゃないかな。
サリー　また話をかぼちゃ大王に持っていく。あんたの頭の中には、かぼちゃ大王しか入ってないの？
ライナス　他にもいろいろ入ってるよ。アンヌ隊員とか、峰不二子とか、キューティーハニーとか――
サリー　私、帰る。（と歩き出す）
ライナス　待ってよ、サリー！（とサリーの手をつかむ）
サリー　手を握ったわね？（とライナスの頰を平手打ちする）
ライナス　痛い！
サリー　とうとう本性を現したわね！　やっぱり、男は獣なのよ！　女に触る言い訳がほしいのよ！
ライナス　考えすぎだよ。僕は手を握っただけで――

サリー　あんたの狙いはお見通しよ！　まずは手を握ったら、次にキスをして、それからいきなり押し倒して！
ライナス　そんなことを言ったら、フォークダンスができないじゃないか。
サリー　心を許したからって、体まで許すと思ったら、大間違いよ！　あー、汚らわしい！
乙女の純潔が危機一髪だわ！

サリーが去る。

ライナス　あれで小学生とは思えないよ。という間に五時間経って、あっ、太陽が昇ってきた。
今年もダメか……。

そこへ、スヌーピーがやってくる。ライナスの肩に手を置く。

ライナス　スヌーピー。やっぱり、今年もかぼちゃ大王は現れなかった。僕には、かぼちゃ大王の存在が証明できなかったんだ。
スヌーピー　（箱を差し出して）ワン。
ライナス　僕にくれるの？（と受け取って）キャラメルか。ありがとう。
スヌーピー　ワン。
ライナス　「これを食べて、元気を出せ」って言うんだね？　わかったよ。僕には落ち込んでる

スヌーピー

暇なんかないんだ。次は、一年の中で一番大切なクリスマス。今年こそはベッドで眠ったふりをして、サンタクロースに会うんだ。

ワン！

チャーリー・ブラウンが飛び出す。グローブを持っている。

チャーリー それより、野球だ！　みんな、守備につけ！

そこへ、ルーシー、シュレーダー、サリー、ペパーミント・パティ、マーシーが飛び出す。みんな、グローブを持っている。

チャーリー みんな、マウンドに集まれ！

七人がマウンドに集まる。

チャーリー いいかい、よく聞いてくれ。我がピーナッツはチーム結成以来、連戦連敗。今年の阪神タイガースよりミジメな思いをしてきた。しかし、スコアボードを見てくれ。五十六対五十七。我がピーナッツは一点リードしてるんだ！

ルーシー　確かにリードはしてるけど、九回表ツーアウト満塁。一打逆転のピンチよ。
チャーリー　確かにピンチだけど、あのバッターさえ打ち取れば、試合終了。我がピーナッツは初めての勝利をつかむんだ！
ルーシー　凄いじゃない、チャーリー・ブラウン。もし勝ったら、あんたを胴上げしてあげるわ。
チャーリー　本当かい、ルーシー？
ルーシー　本当よ。でも、もし負けたら、その時は大変よ。
チャーリー　でも、勝負は時の運だから――
ルーシー　それは違うわ。チームが負けたら、監督が責任を取る。これが世界の常識よ。ところで、うちのチームの監督は誰だっけ？
チャーリー　僕。
六人　しっかりしてよ、チャーリー・ブラウン！

チャーリー・ブラウンがマウンドに立つ。

チャーリー　緊張しちゃうなあ。余計なことは考えないで、いつも通りに投げるんだ。いつも通りに投げれば、きっと勝てる。勝てば、僕はヒーローになれる。ダメだダメだ。余計なことは考えるなって。（と周囲を見回して）あれ、ちょっと人数が少なくないか。あれれ、八人しか守ってないぞ。
サリー　自分は数えた？

チャーリー　数えたよ。あ、ピッグ・ペンがいない。ピッグ・ペンはどこに行ったの？
ライナス　帰ったよ。
チャーリー　帰った？　どうして？
ライナス　家族でレストランに行くんだって。どうせスカイラークだと思うけど。
チャーリー　どうして止めなかったのさ。大事な試合の最中なのに。
ルーシー　試合とスカイラークとどっちが大事だと思ってるの？
チャーリー　君は試合を選ぶよね？
ルーシー　私がスカイラークに行くのを止めてみなさい。上の前歯を一本おきに抜いて、ピアノの鍵盤みたいにしてやるわ。
チャーリー　でも、ピッグ・ペンはサードなんだよ。サードがいなくちゃ、サードゴロがレフト前ヒットになっちゃうよ。
ルーシー　だったら、打たれなければいいじゃない。三振にすれば、試合終了よ。
チャーリー　そうか、三振か。でも、僕にできるかな。
ルーシー　何、弱気なこと言ってるのよ。あんた、うちのチームのエースでしょう？
チャーリー　でも、僕は一度も三振を取ったことがないんだ。
ルーシー　それは、あんたが「どうせまた打たれる」って思ってるからよ。だから、ボールに力が入らないの。あんたが本気で投げてみなさい。イチローだって打てっこないわ。
チャーリー　わかった。僕は本気で投げるよ。あのバッターを三振にする。
ルーシー　え？　今、なんて言った？

チャーリー　あのバッターを三振にする。
ルーシー　ちょっと、みんな、聞いた？　チャーリー・ブラウンがあのバッターを三振にするんだって。
五人　（笑う）
ルーシー　笑わせないでよ、チャーリー・ブラウン。あんたのヘロヘロボールを空振りする人が、この世にいると思ってるの？　サードは私が守ってあげるから、安心して打たれてきなさい。
チャーリー　あんまりだ。
シュレーダー　（マイクを出して）さあ、一点リードしたピーナッツ、九回表ツーアウト満塁という絶対絶命のピンチ。ピッチャーはチャーリー・ブラウン。セットポジションから、なぜか振りかぶって、第一球を投げました。あ！

八人がのけぞって、天を仰ぐ。

チャーリー　あれだけ大きなホームランを打たれると、かえってせいせいするね。
六人　このオタンコナス！
ルーシー　さあ、あんたがバッターよ。（とチャーリー・ブラウンにバットを渡して）さっきの逆転満塁ホームランの四点、自分の手で取り返してよ。
チャーリー　（周囲を見回して）ノーアウト満塁か。ピンチの後にチャンスありだね。

ルーシー　一打逆転のチャンスよ。あんたがホームランを打てば、うちのチームのサヨナラ勝ちよ。
チャーリー　でも、僕は一度もホームランを打ったことがないんだ。
ルーシー　また弱気なこと言って。男なら、ホームランを狙いなさいよ。
チャーリー　そう言って、また僕を騙すつもりなんだろう？
ルーシー　悲しいわ、チャーリー・ブラウン。私はあんたのためを思って言ってるのよ。あんたは「どうせまた三振だ」って思ってる。だから、本当に三振しちゃうの。あんたが本気を出せば、野茂のフォークだってホームランにできるのに。
チャーリー　わかった。僕は本気を出すよ。僕はホームランを打つ。
ルーシー　え？　今、なんて言った？
チャーリー　僕はホームランを打つ。
ルーシー　ちょっと、みんな、聞いた？　チャーリー・ブラウンがホームランを打つんですって。
五人　（笑う）
ルーシー　約束するわ、チャーリー・ブラウン。あんたがもしホームランを打ったら、私は生まれたままの姿でスカイラークに行くわ。でも、もし打てなかったら、あんたに同じことをしてもらうからね。
チャーリー　あんまりだ。
シュレーダー　さあ、三点リードされたピーナッツ、九回裏ノーアウト満塁という絶好のチャンス。バッターはチャーリー・ブラウン。もしここでホームランを打てば、逆転サヨナラ満塁ホームラン。打てるか、チャーリー・ブラウン。打てれば、君はヒーローになれる。私の予想を申し上げましょう。打てません。チャーリー・ブラウンなんかにホームランが打てるわけありません。

チャーリー・ブラウンがバッターボックスに立つ。バットを構える。

チャーリー 緊張しちゃうなあ。ボールをよーく見るんだ。よーく見てよーく見て（と空振りして）。今のは当たっても、サードゴロ止まりだった。もっと高めを狙って（と空振りして）。今のは高すぎた。あれじゃ、セカンドフライだ。次は真ん中に来るぞ。よーし、ホームランだ。ヒーローになれるぞ！（と空振りして）。当たれば、ヒーローになれたのに！

六人 この、オタンコナス！

ルーシー （チャーリー・ブラウンの手からバットをもぎ取って）負け犬はさっさと消えなさい。スヌーピー！

スヌーピー ワン。（とルーシーの手からバットを取る）

シュレーダー ついに出ました。ピーナツの四番バッター、スヌーピー。

チャーリー いいかい、スヌーピー。あのピッチャーのボールは確かに速い。でも、タイミングさえ合わせれば、打てないことはない。あいつの呼吸を計って、自分の呼吸と合わせるんだ。そうすれば、あいつのリズムがつかめる。それで——

ルーシー　それで、あんた、打てたの？
チャーリー　いや、僕はただ、監督として……。
ルーシー　スヌーピーの打率は八割よ。あんたの打率、知ってる？
チャーリー　さあ……。
ルーシー　あんたに打率はないの。一本も打ってないんだから。そのあんたが、スヌーピーに教えることなんてある？　何にもないでしょう？　それがわかったら、ベンチの奥に引っ込んでなさい。
ライナス　打てよ、スヌーピー！
サリー　絶対、ホームランね！

スヌーピーがバッターボックスに立つ。バットを構える。一球目が来る。スヌーピーは打たない。判定はボール。「よく見た、よく見た」の声。スヌーピーがバットを左翼スタンドに向ける。「予告ホームランだ」の声。二球目が来る。スヌーピーが打つ。一本足打法である。入った！　ホームラン！

六人　やったあ！

スヌーピーがダイヤモンドを一周する。六人がホームベースでスヌーピーを迎える。みんなで大喜びしながら去る。チャーリー・ブラウン一人が残る。

チャーリー

こうして、今シーズン最後の試合は、スヌーピーのホームランで大勝利に終わりました。監督として、こんなにうれしいことはありません。うれしくてうれしくて、涙が出てきそうです。親愛なるサンタクロース様、来月のクリスマスには、僕にプレゼントはいりません。そのかわりと言ってはなんですが、来シーズンにはぜひとも一本、僕にヒットを打たせてください。ホームランなんて贅沢は言いません。せめてヒットを。内野安打でもいいから。いや、一塁に行けるなら、フォアボールでも構わない。デッドボールでも構わない。でも、頭に当たったら、痛いだろうな。できれば、お尻に当ててほしいな。お尻だったら、我慢できる。我慢できるぞ。

チャーリー・ブラウンが去る。

ルーシー

ピアノの音。シュレーダーが卓上ピアノでビートルズの曲を弾いている。そこへ、ルーシーがやってくる。

親愛なるサンタクロース様。今年もいよいよ十二月がやってきました。プレゼントの準備は進んでますか？　去年はローラーブレードなんて結構なものをありがとうございました。翌日、早速滑って、ガレージの壁に激突して以来、一度も使ってません。確か、去年はフロリダのコテージを一軒、お願いしたはずですが、やっぱり予算の都合で無理でしたか？　そこで、今年はお金のかからないものを考えました。男の子のハートを一つ。名前はシュレーダー。彼ったら、朝から晩までピアノに夢中で、私の方なんか見向きもしないんです。心の底では私のことが好きなのに、自分では気づかないふりをしてるんです。ピアニストって、シャイだから。

ピアノの音が途切れる。

シュレーダー　僕は君のことなんか好きじゃないよ、ルーシー。
ルーシー　君のことなんか？
シュレーダー　ピアニストはピアノみたいな女の子が好きなんだ。君はピアノっていうより、シンバルだから。
ルーシー　シュレーダー、もう少し、自分に対して、正直になりなさい。
シュレーダー　僕はいつも正直だよ。
ルーシー　好きな女の子に「好きです」の一言も言えないで、何が正直よ。
シュレーダー　好きじゃない女の子に「好きじゃない」って言ってるんだ。イヤミなぐらい正直じゃないか。
ルーシー　それが正直じゃないって言ってるの。本当は私のこと、好きなくせに。
シュレーダー　好きじゃない。
ルーシー　自分で気づいてないだけよ。
シュレーダー　好きじゃないったら、好きじゃない。心の底から好きじゃない。何度言ったら、わかるんだ。
ルーシー　百歩譲って好きじゃないとしても、これから好きになる可能性はあるでしょう？
シュレーダー　ない。
ルーシー　全然？
シュレーダー　完璧にありえないって、はっきり断言できる。
ルーシー　だから、サンタにお願いしたのよ。

シュレーダー　まさかとは思うけど、君はいまだにサンタを信じてるの？
ルーシー　あんたは信じてないの？
シュレーダー　何年も前に気がついたよ。パパの態度が怪しかったから。
ルーシー　怪しいって？
シュレーダー　毎年クリスマスが近くなると、パパはこう言うんだ。「今年はどんなプレゼントがほしい？　パパがサンタさんに電話しといてあげるよ」って。
ルーシー　ウチのパパもそう。
シュレーダー　幼稚園の頃は、「パパはサンタさんとお友達なんだ」って感動してた。でも、小学校に入って、「そろそろ自分で電話した方がいいかな」って思ったから、「サンタさんの電話番号を教えて」って言ったんだ。すると、パパは真っ赤な顔をして、「ダメダメダメ」って。
ルーシー　確かに、怪しいわね。
シュレーダー　だから、イブの夜に、布団の中にクッションを入れて、天井に張りついてたんだ。すると、パパが忍び足で部屋に入ってきて——
ルーシー　そうだったのか！
シュレーダー　まあ、パパの前では、いまだに信じてるふりをしてるけどね。
ルーシー　私も。
シュレーダー　あれ？　君は信じてるんじゃないの？
ルーシー　まさか。私なんか、生まれる前から、気づいてたわ。

シュレーダー　でも、さっきサンタに手紙を書いてなかった？
ルーシー　バカね。あの手紙は、あんたに出そうは思ってたの。
シュレーダー　でも、確か、「親愛なるサンタクロース様」って。
ルーシー　私に幸せを運んでくれるサンタクロースはね、あんただけよ。

シュレーダーがピアノを弾き始める。

ルーシー　すぐにピアノに逃げるんだから。
シュレーダー　……。
ルーシー　朝から晩までピアノばっかり。
シュレーダー　……。
ルーシー　しかも、全部、ビートルズ。
シュレーダー　……。
ルーシー　ビートルズしか弾けないピアニストなんて、聞いたことないわ。
シュレーダー　（手を止めて）ビートルズしか弾けないんじゃない。ビートルズしか弾かないんだ。
ルーシー　他のバンドの曲なんか、弾く気にもならない。
ルーシー　ピアノで儲けたかったら、クラシックを弾かなくちゃ。
シュレーダー　僕はお金儲けのためにピアノを弾いてるんじゃない。
ルーシー　でも、私、共稼ぎはイヤよ。

シュレーダー　共稼ぎって？

ルーシー　私のモットーは、自分のやりたいことだけやって、人生を楽しむことなの。結婚はしたいけど、仕事はイヤ。だから、私たちの生活は、あんたのピアノだけにかかってるのよ。

シュレーダー　少し話を遡ってみよう。そもそも、僕たちが結婚する可能性なんて、万に一つもありえないことなんだ。たとえば、今、核戦争が起きて、地球に残った人間が、僕たち二人だけになったとするよ。しかし、僕は君と結婚することより、地球の裏側へ行って、一人で暮らすことを選ぶだろう。だから、僕たちが結婚した後のことなんか、全く心配しなくていいんだ。

ルーシー　あんたって、見かけに寄らず、頑固ね。

シュレーダー　頑固は君の方だろう？

ルーシー　どうして私みたいなカワイコちゃんを好きにならないのかしら。意地を張ってるとしか思えないわ。

シュレーダー　要するに、性格の不一致だね。

ルーシー　あんたの性格に合うのって、どんな子よ。

シュレーダー　おしとやかで、ひたむきで、ビートルズの好きな女の子。

ルーシー　それって、まさに私そのものじゃない。

シュレーダー　どこが？

ルーシー　あんたの前では明るく振る舞ってるけど、本当の私は淋しがりやなの。

シュレーダー　でも、ビートルズは好きじゃないだろう？
ルーシー　好きよ。さっきの曲なんか大好き。
シュレーダー　それではここで問題です。さっきの曲をアルバムで歌っていたのは誰でしょう。
ルーシー　決まってるでしょう？　ビートルズよ。
シュレーダー　そんなことはわかってるよ。僕が聞いてるのは、四人のうちの誰が歌っていたかだよ。まさか、ビートルズのメンバーを一人も知らないいんじゃないだろうね？
ルーシー　知ってるわよ。リンゴでしょう？　ジョージでしょう？　ポールでしょう？　マッカートニーでしょう？
シュレーダー　ジョンは？
ルーシー　ジョン万次郎？
シュレーダー　違うよ。ジョン・レノンだよ。十六年前の今日、ニューヨークのアパートの前で、銃で撃たれて殺された人さ。ジョン・レノンも知らないで、ビートルズが好きだなんて、よく言えるね。
ルーシー　そんなこと知らなくたって、音楽には感動できるわ。
シュレーダー　感動だって？　いいかい、ルーシー。本当の感動って言うのはね……。

シュレーダーがビートルズの曲を弾く。そこへ、スヌーピーがやってくる。立ち止まって、聞く。泣き出す。シュレーダーに駆け寄り、抱き締める。

スヌーピー　ワーン……。

スヌーピーが泣きながら、走り去る。

シュレーダー　彼ぐらい感動しなくちゃ、好きだなんて言えないよ。

ルーシー　ビートルズのバカ！

ルーシーとシュレーダーが去る。

5

チャーリー・ブラウンがやってくる。雨に気づく。帰れない。

そこへ、ライナスがやってくる。雨に気づき、傘を開く。チャーリー・ブラウンに傘を差し出す。

そこへ、サリーがやってくる。チャーリー・ブラウンを押し退けて、ライナスの傘に入る。ライナスはサリーに傘を渡し、チャーリー・ブラウンと帰るように勧める。ライナスが走り去る。後を追って、サリーも走り去る。

そこへ、ルーシーがやってくる。雨に気づき、傘を開く。チャーリー・ブラウンが近づくと、威嚇する。そこへ、シュレーダーがやってくる。ルーシーが傘を差し出すと、自分の傘を開く。ルーシーは自分の傘を放り投げ、シュレーダーを呼ぶ。シュレーダーはしぶしぶ傘を差し出す。ルーシーがシュレーダーの腕にしがみつく。二人が去る。

チャーリー・ブラウンがルーシーの捨てた傘を拾う。そこへ、スヌーピーがやってくる。チャーリー・ブラウンが傘を差し出す。スヌーピーは傘の中に入り、そのまま傘を持っていってしまう。

チャーリー・ブラウン一人が残る。ポケットからハンカチを取り出し、頭にかぶって去る。

そこへ、ペパーミント・パティとマーシーがやってくる。ペパーミント・パティが傘を開く。

マーシー　先生、雨はもう止んでますよ。

パティ　知ってるわ。

マーシー　それなら、傘をささなくてもいいと思いますが。

パティ　空はキレイに晴れ上がっても、私の心の中は土砂降りなの。

マーシー　要するに、「私は悲しい」って言いたいんですね？

パティ　マーシー、私、学校を辞めるわ。

マーシー　いきなり何を言い出すんです。義務教育っていうのは、勝手に辞められないんですよ。

パティ　人間には二種類あるの。学校に行くことに何の疑問も感じない人間と、感じる人間と。

マーシー　小学生で感じるのは、ちょっと早すぎると思います。

パティ　早い遅いの問題じゃないわ。私にはもう耐えられないの。

マーシー　また授業中に居眠りをして、先生に怒られたんですか？

パティ　私は眠るつもりなんか全然ないのよ。でも、授業を聞いてると、いろんなことが浮かんでくるの。先生がシーザーの話を始めたとするでしょう。映画でシーザーをやったのは、レックス・ハリスンよね？　ほらほら、『マイ・フェア・レディ』でヒギンズ教授をやった人。ヒロインのイライザはオードリー・ヘプバーン。『ローマの休日』には泣かされたわ。そう言えば、私、この前、パパが泣いてるところを見ちゃった。夕食のビーフシチューに剣山が入ってて、思いっきり噛んじゃったのよ。

マーシー　その間、授業は先に進んで——

パティ　気がつくと、ローマ帝国は滅亡してるの。話はもうチンプンカンプン。でも、我慢して聞いてると、まぶたがだんだん重くなってきて——

マーシー　居眠りしてるんですね？
パティ　眠りたくて眠ってるんじゃないのよ。でも、先生は怒るの。
マーシー　毎日毎時間眠ってたら、さすがに怒りますよ。
パティ　あんた、どっちの味方なの？
マーシー　先生の味方です、先生。
パティ　先生って、どっちの先生よ。
マーシー　もちろん、こっちの先生です。
パティ　前から一度聞こうと思ってたんだけど、どうして私のこと、先生って呼ぶの？
マーシー　私は先生を尊敬してるんです。人生の師として。
パティ　その気持ちはうれしいけど、私はあんたと同じ年なのよ。それに、私は先生って言葉が大嫌いなの。だから、私を先生って呼ぶのはやめて。
マーシー　そんなことより、早く家に帰りましょう。先生に見つかったら、「また道草を喰ってるのか」って怒られますよ。
パティ　構わないわ。辞めるんだから。
マーシー　辞めて、どうするんですか？　働くんですか？　小学校中退じゃ、どこも雇ってくれませんよ。
パティ　マサイ族に入るわ。あそこなら、入社試験もなさそうだし。
マーシー　マサイ族は会社じゃありません。
パティ　じゃ、どうすればいいのよ。

マーシー　とりあえず、学校に行くことです。小学生を受け入れてくれるのは、小学校だけなんですから。
パティ　向こうが受け入れても、私が受け入れないの。
マーシー　先生に選択の余地はないんです。
パティ　先生って呼ぶのはやめて。スヌーピー！

そこへ、スヌーピーがやってくる。

スヌーピー　ワン！
パティ　スヌーピーは学校に行ってないのに、誰にも文句を言われない。私、今日から、スヌーピーと暮らすわ。
マーシー　スヌーピーと先生は違うでしょう。
パティ　どこがどう違うのよ。
マーシー　つまりその、なんて言ったらいいか……。
パティ　マーシー、あんたはさっさと家に帰りなさい。私はスヌーピーと、現在の教育制度が抱えている問題点について話し合うから。

そこへ、チャーリー・ブラウンがやってくる。

チャーリー　あれ、ペパーミント・パティ。こんな所で何やってるの？
パティ　はーい、チャック。私、今日から、あんたの家の客用離れで厄介になるわ。よろしくね。
チャーリー　客用離れって？
マーシー　（小声で）スヌーピーの犬小屋のこと。
チャーリー　こんな所で暮らすの？
パティ　スヌーピーは立派に暮らしてるじゃない。
チャーリー　でも、人間にはちょっと小さすぎると思うよ。
パティ　それって、どういう意味よ。スヌーピーは人間じゃないとでも言いたいの？
マーシー　とんでもない。
チャーリー　とんでもないって？
パティ　そりゃ、この子の顔は人間離れしてるわよ。凄い無口で、話しかけても、吠えたり唸ったりするだけ。でも、野球をやらせたら、この子の右に出る者はいないじゃない。
チャーリー　まあ、足が速いから、守備範囲は広いよね。
パティ　バッティングだって抜群よ。あんた、知ってた？　スヌーピーの通算本塁打が、この前の試合で八百六十八本になったってこと。
チャーリー　八百六十八本？
マーシー　王貞治の世界記録と同じじゃないですか。
パティ　そんな凄い選手をこんな狭い客用離れに押し込んでおいて、申し訳ないとは思わないの？

スヌーピー　ワン！
チャーリー　でも、ウチには他に部屋がないから。
スヌーピー　ワンワン！
パティ　まあまあ、スヌーピー。あんたも私もお客様なんだから、あんまり無理を言っちゃいけないわ。
マーシー　そう思うなら、さっさと家に帰りましょうよ、先生。
パティ　先生って呼ぶのはやめて。
チャーリー　どうして家に帰りたくないの？
パティ　家に帰ったら、また明日、学校に行かされるわ。
マーシー　先生は「学校を辞める」って言ってるのよ。チャーリー・ブラウン、あんたからも説得してくれない？
チャーリー　僕も、できることなら辞めたいよ。
パティ　だったら、あんたも辞めればいいじゃない。学校なんか行かなくたって、ごはんさえ食べれば大人になれるんだから。
チャーリー　そうかな？
マーシー　逆に説得されて、どうするの。
チャーリー　僕は前から学校に行くのがイヤだったんだ。学校には、昼休みがあるから。
パティ　え？　あんた、昼休みが嫌いなの？
チャーリー　一緒にお弁当を食べてくれる人がいないんだ。一人ぼっちで校庭のベンチに座って食べるピーナツサンドの味。うげげ。

マーシー　「一緒に食べよう」って、誰かを誘えばいいのに。

チャーリー　断られるに決まってるよ。僕と一緒に食べたって、ちっとも楽しくないもの。

パティ　じゃ、授業は嫌いじゃないの？

チャーリー　大好きだよ。いつもみんなにバカにされるけど、一人ぼっちでいるよりはマシさ。

パティ　先生は？

チャーリー　怒られた時は悲しいよ。でも、先生は僕のためを思って怒るんだから、我慢しないと。

マーシー　見直したわ、チャーリー・ブラウン。先生と比べたら、大人と子供よ。

パティ　子供で結構。実際、私は小学生なんだから。

マーシー　いつまで意地を張るつもりですか。

パティ　辞めるって言ったら、辞めるの。

チャーリー　辞める前に、僕たちのお芝居に出てくれないかな。

パティ　お芝居って？

チャーリー　クリスマス・イブに、公会堂で発表会があるだろう？　それに、我がピーナツも参加することになったんだ。

パティ　チームのみんなで、お芝居をやろうって言うのね？

チャーリー　昼休みに体育館で練習するから、学校には来てもらわないと。

パティ　私の役は？　もちろん、ヒロインよね？

チャーリー　もちろん。

スヌーピー　ワン。
マーシー　スヌーピーも出たいって。
チャーリー　君も？　でも、君にお芝居ができるの？
スヌーピー　ワン。

スヌーピーが一人芝居をする。

スヌーピー　ワン？
チャーリー　確かに、君にはなかなか演技力がある。でも、君に科白がしゃべれるの？
スヌーピー　ワン……。

そこへ、ルーシー、シュレーダー、サリー、ライナスが飛び出す。

6

八人が壁を押し、大声で叫ぶ。が、次第に弱くなり、やがて、消える。

サリー　やっぱり、声が届いてないみたいね。
ライナス　だから、無駄だって言ったんですよ。
ルーシー　そういうあなただって、大声を張り上げてたじゃない。
ライナス　あなたの勢いにつられたんですよ。死にそうな声で喚きたてるから。
パティ　つい、その気になっちゃったのよね。
ライナス　結構、盛り上がりましたよね。「助けて！」なんて。
シュレーダー　パニック映画みたいじゃありませんでした？　『ポセイドン・アドベンチャー』とか。
パティ　『タワーリング・インフェルノ』よ。高層ビルが火事になって、最上階からエレベーターで逃げるんだけど、途中で動かなくなって——
マーシー　グラっと傾いて、一人、下へ落ちるのよね。
スヌーピー　その人、死んだんですか？
マーシー　百メートルぐらいの高さから落ちたのよ。普通、死ぬでしょう。

スヌーピー　よく笑っていられますね。今は自分も同じ立場なのに。
マーシー　私は映画の話をしてるのよ。
スヌーピー　エレベーターが止まったのは現実ですよ。
シュレーダー　まあまあ、この程度の事故で、大騒ぎすることもないでしょう。
ライナス　そうですそうです。我慢して待ってれば、そのうち動き出しますよ。
サリー　今、何時？
ライナス　えー、もう少しで五時半になりますね。
サリー　もう三十分近く経つのに、動きもしないし、連絡も来ない。外の人、本当に気づいてるのかしら。
シュレーダー　デパートですよ。クリスマス・イブのかきいれ時ですよ。閉店間際で、物凄い混雑だったじゃないですか。従業員が気づかなくても、他のお客が騒ぎ出しますよ。
ルーシー　外で何か起きてるんじゃない？
サリー　何かって？
ルーシー　さっきの映画の話じゃないけど、火事とか地震とか。
サリー　お客も従業員も避難して、残ってるのは私たちだけ？
ルーシー　扉の外は炎の海？
サリー　私たちはオーブンで蒸し焼き？
ライナス　バカバカしい。そんな映画みたいなこと、あるわけないでしょう？
ルーシー　でも、可能性としては考えられるわ。

ライナス　そういうことだったら、いくらだって考えられますよ。一年前の今日、このエレベーターの扉に挟まれて、二十二歳の女性が死んだ。その人は一月後に結婚式を控えていて、このデパートには新居の家具を買いに来たところだった。

シュレーダー　憎い。このエレベーターが憎い。このエレベーターに乗ってくる、幸せそうな客が憎い。

スヌーピー　彼女の霊はこのエレベーターにとりついて、一年後の今日、積もりに積もった怨念を晴らそうとしていた。なんてバカなことを言ってる場合じゃありません。

パティ　何よ、急に怒り出して。

スヌーピー　たかがエレベーターとは言え、閉じ込められたことに間違いはないんですよ。

ライナス　でも、黙って待つのは退屈だし。

スヌーピー　黙って待つつもりなんですか？

ライナス　だって、他に何かやることがありますか？

スヌーピー　自分の手で、何とか外に出ようとは思わないんですか？

マーシー　そんなことしなくたって、いつかは開くでしょうに。

スヌーピー　「いつかは」って、それがたとえば十時間後だったらどうします？

サリー　十時間後？

ルーシー　そんなにかかるの？

シュレーダー　せいぜい一時間、かかっても二時間でしょう。

スヌーピー　二時間かかったら、七時でしょう。もう閉店時間ですよ。

サリー　そんなの困る。プレゼントが買えないじゃない。
スヌーピー　五時間かかったら？　他の店だって閉まるでしょう。七時間かかったら？　十二時を過ぎて、クリスマス・イブが終わっちゃうじゃないですか。
ルーシー　そんなの、絶対に困る。
スヌーピー　おなかが空くでしょう？　トイレだって行きたくなるでしょう？　それでも、ただ漫然と、外の人が助けてくれるのを待つんですか？　俺はイヤだね。一刻も早く外に出たいんだ。こっちはこっちで、何とか外に出られないか、努力するべきじゃないですか？
ライナス　そこまで深刻に考えなくてもいいと思うけどな。
パティ　映画じゃないいんだから、そんなにムキになることないのよ。
スヌーピー　ムキになんかなってませんよ。
パティ　なってるじゃない、真っ赤な顔をして。
マーシー　『ダイ・ハード』のブルース・ウィルスみたい。
パティ　そんなにカッコよくないわよ。
ライナス　こういうタイプは最後まで生き残れないいんですよね。
スヌーピー　お願いですから、少しは真剣に考えてください。
シュレーダー　でも、どうやって外に出るんです。
スヌーピー　今も映画の話が出てたけど、よくあるでしょう。ほら。

スヌーピーが天井を指さす。七人が見上げる。

パティ　あ、なるほど。

マーシー　天井を開けて外に出ると、壁に梯子が付いてるのよね。

シュレーダー　そんなにうまくいくかな。

スヌーピー　（ライナスに）君、ちょっと肩車してくれないか？

ライナス　僕が？

スヌーピー　女の子にやらせるわけにはいかないだろう？

ライナス　男は僕だけじゃないのに。

サリー　ブーブー文句を言わないの。

ライナス　ブーブーなんて言ってないでしょう。ブーブークッションじゃないんだから。

ライナスがスヌーピーを肩車する。

スヌーピー　さてと、どのパネルが開くかな。

パティ　とりあえず、端から順番に押してみたら？

スヌーピー　変だな。一つも動かないぞ。

マーシー　外からしか開かないようになってるのかも。

ルーシー　もっと力を入れて。死ぬ気で押すのよ。

スヌーピー　ダメだ。僕一人じゃ、ビクともしない。
ライナス　ほらね？　こんなことしたって、意味なかったじゃないですか。
スヌーピー　そういうこと言うと、降りないよ。
ライナス　ちょっとちょっと。

ライナスがスヌーピーを降ろす。

シュレーダー　やっぱり待つしかないでしょう？
スヌーピー　今度は扉だ。
マーシー　ダメよ。いくらボタンを押しても、動かない。
スヌーピー　八人も人間が集まれば、大抵の物は動かすことができるさ。
ルーシー　よし、やってみよう。
スヌーピー　ほら、扉を持って。（チャーリー・ブラウンに）ほら、君も。

八人が扉に手をかける。

スヌーピー　「せーの」で引っ張りましょう。押すんじゃないですよ。引くんですよ。せーの！

八人が力一杯引く。

スヌーピー　いやあ、重い重い。（と手を放す）
ルーシー　こら！　一人で勝手にやめるな！

七人が扉から手を放す。

マーシー　やっぱりビクともしないじゃない。
パティ　いっぺんにおなかが空いちゃったわね。
サリー　今頃は、彼と二人で食事してるはずなのに。
ライナス　そう言えば、僕、キャラメルを持ってるんですけど、食べませんか？
ルーシー　キャラメル？
ライナス　十時間も出られなかったら、貴重な食料ってことになりますよ。
サリー　ちょうだい。（とキャラメルを一粒取る）
パティ　私もほしい。（とキャラメルを一粒取る）
マーシー　私もいいですか？（とキャラメルを一粒取る）
ライナス　どうぞどうぞ。
ルーシー　二つちょうだい。私の分と彼の分。（とキャラメルを二粒取る）
シュレーダー　僕はいいよ。
ルーシー　甘い物、好きでしょう？　遠慮しないの。（とシュレーダーにキャラメルを一粒渡す）

ライナス　（スヌーピーに）あなたはいらないんですか？
スヌーピー　僕は結構です。（とチャーリー・ブラウンに）君、まだもらってないよね？　よかったら、僕の分も食べてよ。（とキャラメルを二粒取る）
チャーリー　私はいいです。
スヌーピー　そう言わないで、ほら。
チャーリー　じゃ、一つだけ。（とキャラメルを一粒取る）
スヌーピー　（ライナスに）一つでいいって。（とキャラメルを一粒返す）
サリー　あなたももらえばいいのに。
パティ　パニック映画の登場人物が、キャラメルなんか食べないわよね。
マーシー　あんまりいじめると、拗ねちゃいますよ。
スヌーピー　甘い物を食べると、胸がムカムカするんですよ。
マーシー　ほら、拗ねちゃった。
スヌーピー　拗ねてませんよ。
パティ　これぐらいの事故で、どうしてそんなに深刻になれるのかな。
ライナス　急いでるんでしょう、何か大切な用事があるんで。
サリー　何の用事？
スヌーピー　仕事ですよ。
ルーシー　仕事って？
スヌーピー　僕はね、サンタクロースなんです。

七人　え？
スヌーピー　八階のおもちゃ売り場の。
ルーシー　なんだ、ニセモノ。
スヌーピー　いや、子供たちはみんな、ホンモノだと思ってますよ。僕がサンタクロースの恰好をして立ってると、「サンタさん！」って駆け寄ってきますから。
チャーリー　本当ですか？
スヌーピー　まあ、中には「おじさん、給料、いくら？」って聞いてくるガキもいますけどね。今日は五時から売り場に立つ予定だったんです。主任のおばさんが鬼婆みたいに怖い人で、遅刻なんかしたら大変なことになるんです。だから、一刻も早く外へ出ないと。
シュレーダー　あなた、このデパートの従業員だったんですか。
スヌーピー　ただのアルバイトですよ。
ライナス　でも、ここで働いてるんでしょう？
サリー　デパートの人間よ。
ルーシー　よくもエレベーターを止めたわね。
スヌーピー　僕は関係ないでしょう。
ルーシー　黙りなさい。あんたのおかげで、せっかくのクリスマス・イブがメチャクチャになったのよ。
スヌーピー　暴力はやめてください。（と逃げる）
ルーシー　こら、待て！（と追う）

パティ　ちょっと、あんたたち！

マーシー　こんな所で暴れないでよ！

ライナス　ワイヤーが切れたら、どうするんです！

サリー　（スヌーピーの腕をつかんで）捕まえたわ！

シュレーダー　いい加減にしろよ、ルーシー！

ルーシー　どいてよ、シュレーダー！　待ちなさいよ、スヌーピー！

スヌーピーが走り去る。後を追って、六人が走り去る。

7

ライナス

残ったのは、ライナス。

十二月二十五日はクリスマス。その前の晩が、一年の中で一番大切なクリスマス・イブです。煙突のある家にもない家にも、マンションにもアパートにも長屋にも、サンタクロースは必ずやってきます。トナカイの橇にまたがって、夜空を駆けめぐるサンタクロース。たとえかぼちゃ大王を信じない人でも、サンタクロースは信じるでしょう。彼の名前は、もはや世界的に有名なのです。ちなみに、イギリスではファーザー・クリスマス、フランスではペール・ノエル、イタリアではサン・ニコラ、ドイツではヴァイナハツマン、ロシアではニコライ・チュドボリツ、中国では聖誕老人（シャンタンラオレン）、しつこいですか？　というわけで、クリスマス・イブまで、あと一週間。今年こそはベッドで眠ったふりをして、サンタクロースに会うんだ！

そこへ、サリーが飛び出す。

サリー　何よ、今度はサンタクロース？
ライナス　もちろん、君は信じるよね？
サリー　バッカじゃねえの。
ライナス　前から一度言おうと思ってたんだけど、女の子がそういう言葉遣いをするのは、よくないんじゃないかな。小学生のうちに直しておかないと、不良になっちゃうよ。
サリー　うるさいわね。あんたがバッカなこと言うからいけないんでしょう？
ライナス　僕は「サンタクロースを信じるか」って、聞いただけだよ。
サリー　私がそんなもの信じると思う？　かぼちゃ大王の時は、かぼちゃ畑で五時間も待たされたのよ。眠くなるし、おなかは空くし、あんたは襲いかかってくるし。
ライナス　僕は襲いかかってなんかいないよ。
サリー　あの時、私は悟ったの。恋は盲目って言うけど、本当に盲目になったら、痛い目に遇うのは女の方だって。
ライナス　痛い目に遇ったのは、僕の方じゃないか。
サリー　とにかく、あんたの言うことなんか、二度と信じませんからね。
ライナス　いいですよ。君が信じようが信じまいが、サンタクロースは存在するんだから。
サリー　ライナス、あんた、騙されてるのよ。サンタクロースっていうのは、デパートの人間が考え出した、クリスマスのイメージ・キャラクターなの。ミッキーマウスとかペプシマンとかと同じなのよ。
ライナス　そんなバッカなこと、よく言えるね。

サリー　あんたに言われる筋合いないわ。
ライナス　いいかい、サリー。サンタクロースっていうのは、今から千七百年前にトルコで生まれた、聖ニコラスって人なんだ。これは歴史の本にも載ってる事実なんだよ。
サリー　ほら、やっぱり嘘じゃない。千七百年前に生まれた人間が、どうして今でも生きてるのよ。
ライナス　生きてるなんて、誰が言った？　聖ニコラスはサンタクロースの第一号。それから、たくさんの人が跡を継いで、現在に至ってるのさ。その間に、セント・ニコラスがジント・ニクラースになって、ジンタ―・クラースになって、サンタクロースになったんだ。
サリー　時間が経つうちに訛ったのね？
ライナス　そうそう。ケンタッキー・フライドチキンがケンタのフラチンになったのと同じさ。で、今のサンタクロースはフィンランドに住んでるんだ。「親愛なるサンタクロース様」って手紙を出せば、ちゃんと返事もくれるんだよ。
サリー　よし、私も手紙を出そう。「あなたの給料は、どこのデパートが出してるんですか？」って。
ライナス　またバカなことを言う。そんなに信じられないなら、信じなくていいよ。サンタクロースは、僕一人で待つから。
サリー　私も待つわ。
ライナス　今、なんて言った？

サリー　「待つ」って言ったのよ。クリスマス・イブを一人で過ごすなんて、女としてのプライドが許さないの。こうなったら、多少バッカでも我慢するわ。
ライナス　それじゃ、夜になったら、僕の家に来てよ。僕の部屋で待つから。
サリー　あんたの部屋で？
ライナス　サンタクロースは、寝ている子供の枕元に現れるんだ。だから、僕のベッドで毛布でかぶって——
サリー　あんたのベッドで？
ライナス　もちろん、ベッドは一つしかないから、君も僕のベッドで……。あ。
サリー　（ライナスの頬を平手打ちする）
ライナス　痛い！
サリー　やっぱり男は獣なのよ！　夢とかロマンとかカッコつけたって、結局、考えてることは一つよ！
ライナス　誤解だよ。僕は別にそんなつもりじゃ——
サリー　女はいつも被害者よ！　純粋な愛を求めようとすればするほど、男の欲望に傷つけられる！
ライナス　いや、むしろ傷ついてるのは僕の方で——
サリー　あんただけは違うと思ってたのに。でも、もう終わりよ！　あー、悲しい！　私の初恋はあんたのセクハラで木っ端微塵よ！

サリーが去る。

ライナス 僕はセクハラなんかしてないけど、したらどんな目に遇うか、とっても勉強になったよ。

そこへ、スヌーピーがやってくる。サングラスをかけている。

スヌーピー ワン。
ライナス スヌーピー。僕は一生結婚しないことに決めたよ。ハンフリー・ボガードみたいに、クールに生きるんだ。
スヌーピー (もう一つのサングラスを差し出して)ワン。

ライナスもサングラスをかける。

スヌーピー ワンワワ、ワンワワーワワ、ワンワワンワ。
ライナス 男はタフでなければ生きていけない。
スヌーピー ワンワワワーワワ、ワンワーワワンワワワン。
ライナス 優しくなければ生きていく資格がない。バイ、レイモンド・チャンドラー。
スヌーピー ワン。

ライナス　でも、君は男っていうより、オスだね。

スヌーピー　ワン？

8

チャーリー・ブラウン、ルーシー、シュレーダー、サリー、ペパーミント・パティ、マーシーが飛び出す。チャーリー・ブラウンは脚本を七冊、ルーシーは一冊持っている。

ルーシー　こら、スヌーピー！　どうして私がこんな役なのよ！
ライナス　まあまあ、そんなに興奮しないで。（とルーシーの腕をつかむ）
ルーシー　そこをおどき！（とライナスを突き飛ばす）
ライナス　痛い！
ルーシー　スヌーピー、あんたが書いた脚本、見せてもらったわ。私の役は、デパートのおもちゃ売り場に勤めるオールド・ミスだそうね。どうして私がオールド・ミスなのよ。はっきり説明しなさいよ。
シュレーダー　どうやって説明するのさ。
スヌーピー　ワン。
ルーシー　ワンワン吠えてれば、何でもごまかせると思ったら、大間違いよ。あんたが脚本を書く前に、あれほど言ったじゃないの。ヒロイン以外はやらないって。

パティ　私もよ。
ルーシー　ヒロインて言ったって、ただのヒロインじゃないのよ。この世のものとは思えないほど、美しいのよ。
パティ　『麗しのサブリナ』のオードリー・ヘプバーンとか、『昼下がりの情事』のオードリー・ヘプバーンとか——
マーシー　先生がヘプバーンをやりたいのはよくわかりました。
ルーシー　とにかく、美女。美女以外はお断りなの。
チャーリー　でも、君の役は重いじゃないか。女の子の中では、一番科白が多いんだよ。
ライナス　準主役って感じだよね。
ルーシー　でも、悪役よ。
ライナス　悪役じゃないよ。最初は主役をいじめるけど、最後は立派に改心するんだから。
ルーシー　最後に改心するってことは、それまで悪い人間だったってことでしょう？
ライナス　違うよ。悪い人間のように見えていたけど、実はいい人間だったってわかるんだよ。
ルーシー　悪い人間に見えてる時間の方が圧倒的に長いのよ。そっちの方が強く印象に残るじゃない。
チャーリー　心配しなくて大丈夫だよ。世の中には、本当に悪い人間なんていないんだから。
六人　……え？
サリー　そういう問題じゃないでしょう、お兄ちゃん。
チャーリー　僕はただ、どんな役をやるかより、どんなお芝居を作るかが大切だと思ったから。

ルーシー　何を言ってるのよ。役者っていうのはワガママなのよ。芝居がつまらなくても、自分の役がよければ、それでいいのよ。
マーシー　こういうタイプって、どこの劇団にも一人はいるんですよね。
ルーシー　サリー、私の役と代わってくれない？
サリー　いやだ。
ルーシー　ずるいわよ、チャーリー・ブラウン。自分の妹だけ、ひいきして。
チャーリー　ひいきなんかしてないよ。脚本を書いたのは、スヌーピーなんだから。
パティ　サリーは何の役なの？
サリー　天使よ。
パティ　私やりたい！　天使やりたい天使やりたい天使やりたい！
シュレーダー　二人とも、天使をやるには老けすぎてるんだよ。
サリー　やっぱり適性って大事よね。
パティ　私の適性を考えてよ。どうして小学生が人妻をやらなくちゃいけないの？
五人　適性だよ。
ルーシー　私のオールド・ミスは適性じゃないわよね？
五人　適性だよ。
ルーシー　いいわよ。本番になったら、好き勝手やってやるから。
チャーリー　脚本を無視するつもりかい？
ルーシー　お客さんの前に出れば、こっちのものよ。私が何をしたって、あんたには止められな

シュレーダー　いんですからね。
ルーシー　いいや、止める方法はある。彼女がアドリブをしゃべり始めたら、暗転にするんだ。
チャーリー　勝手にどうぞ。私は懐中電灯を持って、出ますから。
とにかく、クリスマス・イブまで、あと一週間しかないんだ。文句なんか言ってないで、練習しよう。配役は、スヌーピーが決めた通りでいいね？
五人　はーい。
チャーリー　いいね？
五人　はーい。
チャーリー　いいね、ルーシー？
ルーシー　よくはないけど、やってやるわよ。
チャーリー　スヌーピー、みんなに脚本を配ってくれ。

チャーリー・ブラウンがスヌーピーに脚本を六冊渡す。以下、チャーリー・ブラウンが配役を発表するごとに、スヌーピーが脚本を渡す。

チャーリー　それじゃ、配役を発表するよ。ルーシーは、デパートのおもちゃ売り場に勤めるミス・ロビンソン。そこへプレゼントを買いに来た親子がパティとマーシー。サリーは天使。シュレーダーはお巡りさん。ライナスは貧乏な少年。
ライナス　貧乏な少年？

マーシー　適性ですね。
ライナス　本番が楽しみじゃのう。
シュレーダー　暗転にするよ。
ライナス　好きにせえ。わしゃ、身体中に豆電球付けて、出ちゃるけえ。
チャーリー　そして、主役がスヌーピー。
スヌーピー　ワン。
六人　スヌーピー？
ルーシー　あんたがどうやって科白をしゃべるのよ。
スヌーピー　ワンワッワ、ワワワンワン。
ルーシー　全然通じてない。
チャーリー　やっぱり、彼に主役は無理かな？
パティ　あら、チャック。私は彼にやらせるべきだと思うわ。科白の多い役をやれば、無口が治るかもしれないじゃない。
チャーリー　僕は絶対に治らないと思うよ。
パティ　どうして？
ルーシー　決まってるでしょう、犬だからよ。
パティ　え？　今、なんて言ったの？
ルーシー　スヌーピーは犬だから、科白なんか——
マーシー　ワーワーワー！

パティ　何よ。何か起こったの？

ルーシー　とにかく、スヌーピーが主役なんてとんでもないわ。チャーリー・ブラウンと交代しなさい。

チャーリー　僕が主役？

ルーシー　一回でも科白をつっかえてごらんなさい。頭蓋骨を叩き割って、脳みそをストローでチューチュー吸ってやるからね。

チャーリー　緊張しちゃうなあ。

スヌーピー　ワンワン！

ルーシー　あんたはチャーリー・ブラウンの役。貧乏な老人よ。

スヌーピー　ワンワーワ、ワーワン？

ライナス　頑張ろうね、スヌーピー。

スヌーピー　ワン。

チャーリー　それじゃ、練習を始めようか。

六人　『もう一人のサンタクロースの——

チャーリー　——もう一つのクリスマス』

シュレーダーが前に飛び出す。

シュレーダー　昔々のその昔、子供たちがまだサンタクロースを信じていた頃。ということは、この世のどこかにサンタクロースが生きていた頃のお話です。

ライナス　今でも生きてるよ。

六人　シー！

シュレーダー　今夜はクリスマス・イブ。バーゲン・セールの街角は、昼間から買い物客で大混雑。坊やもお姉さんもお父さんもおばあちゃんも、一番大切な人に贈るプレゼントを探しているのです。そんな賑やかな商店街とはうってかわって、ここは淋しい裏通り。ナイフのような木枯らしが吹く中を、一人の酔っ払いが歩いていました。

ルーシー　チャーリー・ブラウン、あんたの出番よ。

チャーリー　どうしよう。一回でもつっかえたら、またひどい目に遇わされる。

パティ　緊張すると、ますます舌が回らなくなるわよ。

マーシー　つっかえたら、アドリブでごまかせばいいじゃないですか。

チャーリー　無理だよ。脚本に書いてない科白なんて、言えないよ。

ルーシー　何、グズグズしてるの？　早く出なさいってば。

チャーリー　でも……。

ルーシー　ほら、早く。

チャーリー・ブラウンが前に飛び出す。

シュレーダー　彼の名前はベンジャミン。仕事もしないで、昼間からお酒を飲む、ろくでなし。もちろん、仕事よりお酒が好き、というわけではありません。彼だって仕事がしたい。が、何をやっても、一カ月以内に必ずクビになる。生まれついてのドジなのです。

ルーシー　あら。それって、チャーリー・ブラウンそのものじゃない。

マーシー　適性ですね。

パティ　役作りしなくて済むじゃない。よかったわね、チャック。

チャーリー　ほっといてくれ！

ルーシー　あら、今の科白は脚本に書いてないわ。もしかして、アドリブ？

パティ　凄いわ、チャック。やればできるじゃない。

シュレーダー　こうして周りの人たちにバカにされ、彼はお酒を飲むのです。

チャーリー　でも、今日は違うんだ。

シュレーダー　どう違うんだい？

チャーリー　僕には五つになる娘がいるんだ。その娘が今朝、「サンタクロースなんか存在しない」って言ったんだ。「テレビで言ってたから間違いない」って。五つの子供がサンタクロースを信じないなんて、悲しいと思わないか？

ライナス　悲しいよ。

サリー　そうかしら。そういうことは、早めに知っておいた方がいいのよ。小学生になっても信じてたら、バカよ。

ライナス　僕もバカかい？

サリー　あんたは獣よ。

スヌーピーがチャーリー・ブラウンの頭に、サンタクロースの帽子をかぶせる。

シュレーダー 今日の仕事は、デパートのおもちゃ売り場のサンタクロース。夕方の五時が交代の時間。ところが、お酒を飲んでるうちに、三十分も過ぎてしまったのです。

チャーリー しまった!

シュレーダー 気づいたところで、後の祭。

チャーリー 急いで行かないと、またクビになる。

シュレーダー ベンジャミンは慌てて酒場を飛び出しました。しかし、酔っ払ってるから、なかなか前に進まない。右足と左足を交互に出せばいいのに、なぜか右足だけが前に出る。すると、転ぶ。

チャーリー ステン。(と転ぶ)

シュレーダー そこへ、一人の貧乏な少年がやってきました。

ライナスが前に飛び出す。後を追って、サリーも飛び出す。スヌーピー、ルーシー、シュレーダー、ペパーミント・パティ、マーシーが去る。

9

ライナスとサリーがチャーリー・ブラウンに歩み寄る。

ライナス　大丈夫ですか？
サリー　大丈夫ですか？
ライナス　君はまだ出番じゃないよ。
サリー　あら、私は二役よ。天使の役と、貧乏な少年の恋人の役。
チャーリー　大丈夫だよ。ちょっと歩き方を忘れただけさ。もう思い出した。
ライナス　おじさん、サンタクロースでしょう？
チャーリー　違うよ。
ライナス　だって、その服にその帽子。
チャーリー　これは僕のじゃないんだ。仕事で使うんで、借りたんだ。
ライナス　仕事って、世界中の子供たちにプレゼントを配る仕事でしょう？　やっぱり、サンタクロースじゃないですか。
チャーリー　君、サンタクロースを信じてるの？

ライナス　もちろんですよ。周りのみんなはバカにするけど。
サリー　私はしてないわ。
ライナス　でも、信じてもいないだろう?
サリー　信じてるわよ。信じていたから、こうしてホンモノに会えたんじゃない。
ライナス　せっかくの機会だから、言いたいことを言わせてもらいますけどね。どうして去年も一昨年も、一昨年の去年も来てくれなかったんですか?　ベッドの横に、大きな靴下を吊るして、待ってたのに。
サリー　私たちだけプレゼントをくれないなんて、ずるいわよ。
チャーリー　僕のせいじゃないよ。
ライナス　何を言ってるんですか。プレゼントをくれなかったのは、あなたでしょう?
サリー　サンタさん、今年こそはプレゼントをくれるんでしょう?
チャーリー　それがその、袋を忘れてきちゃったんだ。
ライナス　僕が取ってきますよ。トナカイの橇はどこですか?
チャーリー　それがその、お酒を飲んでる間に、どこかへ飛んでっちゃったんだ。
ライナス　じゃ、今年ももらえないんですか?
チャーリー　来年こそはきっとあげるよ。君は何がほしい?
ライナス　ボクシングのグローブ。
チャーリー　君は?
サリー　アイススケートのフィギュアのシューズ。

チャーリー　わかった。約束するよ。来年は必ず持ってくる。これは約束の印だ。（とライナスに自分の帽子をかぶせる）
ライナス　いいんですか、こんなもの、もらっちゃって。
チャーリー　来年返してもらうさ。その時まで、なくさないでくれよ。
ライナス　ありがとう、サンタクロース。
チャーリー　お礼を言うのは、こっちの方さ。

ライナスが去る。

サリー　子供たちと別れてから、ベンジャミンは思いました。
チャーリー　あの子たちの両親は、僕みたいにお金を持ってないんだろうな。だから、プレゼントを買ってやれないんだ。あの子たちは、サンタクロースを待つしかない。サンタクロースは世界中の子供たちにプレゼントを配るって？　だったら、どうしてあの子たちに配ってやらないんだ。僕がサンタクロースだったら、真っ先に配るのに。
サリー　こうして、ベンジャミンは一時間も遅刻して、デパートのおもちゃ売り場に到着したのです。

サリーが去る。そこへ、ルーシーが飛び出す。

ルーシー　あら、今は五時かしら。ベンジャミンが現れたんだもの、五時のはずだわ。でも、私の時計は六時。おかしいわ。私の時計が狂ってるのかしら。ベンジャミン、あなたの時計は今、何時？

チャーリー　僕は時計を持ってませんけど、六時です。

ルーシー　嘘。あなたが来るのは五時のはずよ。

チャーリー　遅刻したんです。すいませんでした。

ルーシー　あら、これは何の匂いかしら。ベンジャミンから匂ってくる。いやだ、お酒の匂いだわ。まさか。子供の相手をするサンタクロースが、お酒なんか飲んでくるはずないわ。そうよね、ベンジャミン？

チャーリー　飲みました。初めは一杯だけにしようと思ったんですが。

ルーシー　二杯が三杯、三杯が四杯になって、気づいた時には五時を過ぎてた？

チャーリー　本当にすいませんでした。遅刻した分は、給料から引いてください。

ルーシー　引きますとも。あんたのおかげで、こっちは大迷惑よ。「サンタはいないの？」「サンタがいないなら買わないわ」って、お客様の苦情が集中豪雨。私が何か悪いことした？　全部、あんたの責任じゃないの。あれ、あんた、帽子は？

チャーリー　どこかに落としてきちゃったみたいで。

ルーシー　引きますとも。引きますけどね、あんたはまだ一秒も働いてないのよ。少なくとも帽子の分は働いてもらわなくちゃ、こっちが損しちゃうわ。そうでなかったら、この場でクビにしてやるのに。

チャーリー　あ、お客様が来ましたよ、ミセス・ロビンソン。
ルーシー　ミス・ロビンソン。
チャーリー　ミス・ロビンソン。
ルーシー　さあさあ、明るい笑顔でお相手するのよ。あんたはサンタクロースなんだから。
チャーリー　わしはサンタクロースじゃよ。
ルーシー　息を吐くな。お酒を飲んでることがいっぺんにバレるじゃないの。もし吐いてみなさい。右の目玉と左の目玉を取り替えてやるからね。
チャーリー　そんな科白はないよ、ルーシー。

そこへ、ペパーミント・パティとマーシーが飛び出す。

マーシー　サンタさんだ。サンタさんがいるよ、ママ。
パティ　ママって呼ぶのはやめて。
マーシー　でも、先生は私のママの役なんですから。
パティ　姉妹ってことにしない？　私が賢い姉で、あんたが愚かな妹。
マーシー　勝手に変えたら、暗転にされちゃいますよ。科白はそのままにして、美しい母と美しい娘ってことにしましょう。
パティ　オーケイ。美しい母と醜い娘ね。
マーシー　もう好きにしてください。ママ、このサンタさん、なんだか変だよ。

パティ　まあ、息をしてないわ。酸素が嫌いなのかしら。
マーシー　そんな人間いるもんですか。ママ、このサンタさん、死んでるの？
パティ　生きてるわよ。ほら、見て。一生懸命、笑顔を振りまいてるじゃない。
マーシー　これが笑顔？　私には泣き顔に見えるけど。
チャーリー　苦しい！（と大きく息を吐く）
マーシー　お酒臭い！
パティ　このサンタ、お酒を飲んでるわ！
マーシー　ママ、サンタさんて、お酒が好きなの？
パティ　そうねえ、サンタさんだって人間だから、お酒ぐらい飲むだろうけど。
チャーリー　すいません。水を一杯、持ってきてくれませんか？
マーシー　ママ、水だって。
パティ　どうして私がそんなことしなくちゃいけないのよ。行きましょう、キャロライン。
チャーリー　お願いします。水を一杯——

チャーリー・ブラウンが転んで、ペパーミント・パティに抱きつく。ペパーミント・パティが叫び声をあげて、チャーリー・ブラウンを突き飛ばす。そこへ、ルーシーが飛び出す。

ルーシー　どうかなさいましたか、奥様？
パティ　抱きついたのよ！　この男がいきなり私に抱きついたのよ！

マーシー　ママ、サンタさんて、人妻が好きなの？
ルーシー　そうねえ、サンタさんだって男だから、女の人は好きだろうけど。
パティ　暴行未遂よ！　警察に訴えてやるわ！
ルーシー　奥様、何もそこまで事を荒立てなくても。相手はただの酔っ払いです。
パティ　酔っ払いの変質者よ！　こんな男を雇うなんて、非常識も甚だしいわ！
ルーシー　何分、バーゲンセールで人手不足なため――
パティ　行きましょう、キャロライン！　こんなデパート、二度と来るもんですか！
ルーシー　奥様！
パティ　（マーシーに）どうだった、今の演技？　今年のアカデミー賞は私で決まりでしょう？
マーシー　特殊効果部門ですか？

パティとマーシーが去る。

チャーリー　すいません、ミセス・ロビンソン。
ルーシー　ミス・ロビンソン。
チャーリー　ずっと息を止めてたら、目眩がしちゃって。
ルーシー　そのまま閉店時間まで、止めてりゃよかったんだよ。
チャーリー　そんなことしたら、死んじゃいますよ。

ルーシー　もう帰っていい。
チャーリー　クビですか？
ルーシー　まさか、給料をよこせなんて言わないだろうね？
チャーリー　とんでもない。帽子の分だって、働いてないんですから。あ、この服、明日まで借りていいですか？　この恰好で家から来たんで。
ルーシー　いらない。おまえにやる。
チャーリー　そんな。これ、来年も再来年も使うんでしょう？
ルーシー　よく見てみろ。そこらじゅうシミだらけで、酒臭くって。退職金がわりに持っていけ。
チャーリー　僕が働いて、かえって、損しちゃったみたいですね。
ルーシー　大損だよ。おまえの顔なんか、二度と見たくない。
チャーリー　さよなら、ミセス・ロビンソン。
ルーシー　ミス・ロビンソン。
チャーリー　楽しいクリスマスを。
ルーシー　こうして、ベンジャミンはサンタクロースをクビになりました。この仕事で稼いだお金で、娘にプレゼントを買おうと思ってたのに。
チャーリー　困ったなあ。あの子は「真っ赤な手袋がほしい」って言ってた。手袋なんて高いものじゃないけど、僕にはそれを買うお金さえない。あの子には、今年はサンタクロースがやってこないんだ。
ルーシー　すっかり落ち込んだベンジャミン。首と肩をガックリ落として、トボトボ家路につき

チャーリー　ました。木枯らしは鉈のように彼の背中を叩きます。
なんだか、雪でも降ってきそうだな。

スヌーピーがやってくる。白い袋を床に置く。

ルーシー　映画館の角を右に曲がると、電柱の陰に、白い袋が置いてありました。
チャーリー　ここはゴミ捨て場じゃないのに。でも、ゴミにしては、やけにキレイな袋だな。
ルーシー　と何気なく中を覗くと――
チャーリー　（白い袋を覗いて）あれ、手袋だ。こっちはボクシングのグローブ。こっちはスケート靴。みんな新品だ。これはもしかしてもしかするともしかするぞ。（と白い袋を持ち上げる）
ルーシー　これはまさしく！
チャーリー　これはまさしく、サンタクロースの袋だ！

チャーリー・ブラウンとルーシーが去る。

10

スヌーピー

スヌーピーが前に飛び出す。

というわけで、今日は五時から売り場に立つ予定だったんです。主任のおばさんが鬼婆みたいに怖い人で、遅刻なんかしたら大変なことになるんです。まあ、アルバイトですからね。クビになったらなったで、次の仕事を探せばいいんですけど、それまでどうやって暮らします？　たとえば、今夜の食事。クリスマス・イブなんだから、レストランぐらい行きたいでしょう？　でも、そのお金がない。プレゼントが買えないって？　その心配はいりません。別にあげたい人がいるわけじゃないし。もっとも、くれる人だっていませんけど。そう言えば、サンタクロースは誰からプレゼントをもらうんでしょうね。世界中の子供たちにプレゼントを配って、自分だけもらえないなんて、おかしいですよね。サンタクロースはプレゼントなんかほしがらない？　子供たちの笑顔が何よりのプレゼントだ？　バカ言っちゃいけません。サンタクロースだって人間ですよ。プレゼントの箱を開ける時のワクワクドキドキを、味わってみたいに決まってます。プレゼントっていうのは、人にあげるのも凄く楽しいけど、やっぱりもらうのが一番なんですよ。

そこへ、六人のサンタクロースがやってくる。みんな、白い袋を背負っている。よく見ると、ルーシー、シュレーダー、サリー、ライナス、ペパーミント・パティ、マーシーだ。袋の中からプレゼントを取り出し、互いに交換する。

スヌーピー なるほどね。他のサンタクロースからもらうわけだ。小学校の時の交換会みたいだな。あれ？　僕にはくれないんですか？　僕だって、一応はサンタクロースですからね。もらう権利はあると思いますけど。

サンタクロースたちが首を横に振る。

スヌーピー ダメ？　やっぱり僕がアルバイトだからですか？

サンタクロースたちが首を横に振る。

スヌーピー 違う？　それじゃ、僕のことが嫌いなんでしょう？

サンタクロースたちが首を横に振る。

スヌーピー　そうじゃない？　だったら、どうしてプレゼントをくれないんですか？

サンタクロースたちが身振り手振りで説明する。

スヌーピー　何々？　それは？　僕が？　犬だから？

サンタクロースたちが大きくうなずく。

スヌーピー　失礼なこと言わないでください。僕は人間ですよ。犬がどうしてエレベーターに乗るんです。犬がどうしてデパートで働くんです。犬がどうしてサンタクロースになりたいと思うんです。

サンタクロースたちが去る。そこへ、チャーリー・ブラウンがやってくる。手にはドッグフードが載った皿。

チャーリー　おなかが空いた、腹ペコだ、折しも食事の合図が鳴るよ。ごはんだよ、スヌーピー。
スヌーピー　……。
チャーリー　あれ？　食欲がないの？　君にしては珍しいね。

スヌーピー　……。
チャーリー　怒ってるんだね？　僕が君の役を取ったから。
スヌーピー　（首を横に振る）
チャーリー　いや、君は怒ってる。
スヌーピー　（首を横に振る）
チャーリー　その首の振り方がいかにも怒ってる。
スヌーピー　（体を横に振る）
チャーリー　僕だって、悪いとは思ってるんだ。でも、君には科白がしゃべれないし、お芝居は成功させたいし。
スヌーピー　ワーワンワ、ワワワワ、ワンワーワ、ワワワンワ？
チャーリー　確かに、主役は大変だよ。うまくできるかどうか、とっても不安さ。本当は、今すぐにでも逃げ出したい気分なんだ。
スヌーピー　ワン。
チャーリー　え？　何のこと？
スヌーピー　ワーワ、ワワワンワ。
チャーリー　別に。何も隠してないよ。
スヌーピー　ワン。
チャーリー　僕が君を嘘をついたことがあるかい？
スヌーピー　ワンワ。ワンワワ、ワンワーワワンワ。ワンワ、ワンワーワ、ワワワンワ、ワワワワンワ。

チャーリー　そうさ、君の言う通りさ。僕はあの役がやりたいんだ。だって、サンタクロースだよ。僕は前からサンタクロースになりたいと思ってたんだ。

スヌーピー　ワンワワ。

チャーリー　君には僕の気持ちがわからないんだ。僕はみんなに嫌われてる。グズだ、間抜けだ、意気地なしだって、みんなにバカにされてる。でも、僕には何も反論できない。みんなの言う通りだから。僕だって、チャーリー・ブラウンなんか大嫌いさ。でも、一度ぐらいは夢をかなえてあげてもいいじゃないか。サンタクロースになりたいって言うなら、ならせてあげてもいいじゃないか。年に一度のクリスマス・イブなんだから。

そこへ、サリーがやってくる。

サリー　さあ、お兄ちゃん、本番よ。

チャーリー　え？　もう本番？

サリー　まずは、全員で舞台に出て、お客さんに挨拶よ。さあ。

チャーリー　まだ、ろくに練習してないのに。科白を忘れたら、どうしよう。

サリー　得意のアドリブでごまかせば？

チャーリー　無理だよ。お客さんの前に出たら、きっと上がっちゃうよ。

サリー　大丈夫大丈夫。客なんて、かぼちゃだと思えばいいのよ。

チャーリー　そうか。かぼちゃだと思えば、怖くないよね？
サリー　目の前に百個以上のかぼちゃがズラーッと並んで、こっちをジーッと見てるのよ。
チャーリー　やっぱり怖いよ。
サリース　さあ、行きましょう。
チャーリー　ダメだ。僕は見学する。昨夜から、ちょっと風邪気味なんだ。ゴホゴホ。ほら、咳が、熱が。
サリー　体育の授業じゃないのよ。ほら、早く！

歓声と拍手の音。ルーシー、シュレーダー、ライナス、ペパーミント・パティ、マーシーがやってくる。八人が一列に並んで、礼をする。

11

八人が壁を押す。が、壁に押し返されて、一歩ずつ後ろに下がる。一歩下がるたびに、口から飛び出す言葉――

八人　「外」「扉」「ライ麦」「銀河」「合唱」「ショーウィンドー」「どうしよう」「妖精」「制服」「薬指」「ビルディング」「グッドバイ」「意気地なし」「灼熱」「強がり」「リラックス」「彗星」「静寂」「苦しまぎれ」「レストラン」「乱心」「深呼吸」「救急車」「シャンデリア」「雨」「メランコリー」「いつか」「必ず」「頭蓋骨」「墜落」「クリスマス・イブ」「ぶちこわし」「死」「勝利」「理性」「精一杯」「苛立ち」「知恵」「エレベーター」「助けてくれ！」

八人が壁を押すのをやめる。沈黙。やがて――

サリー　今、何時？
ライナス　えーと、もう六時を過ぎました。

シュレーダー　一時間か。
サリー　私、足が痛くなってきた。
パティ　私も。
マーシー　歩き回るより、立ったままでいる方が、疲れるんですよね。
パティ　寝っ転がりたいなあ、大の字になって。
スヌーピー　そんなスペースがどこにあります？
パティ　交代で肩車するっていうのはどう？　少しは足の痛みが取れるかも。
マーシー　お断りします。
パティ　どうして？
マーシー　体重を考えてください。私の方が不利です。
パティ　あなたはどう？
スヌーピー　僕も不利です。
パティ　バカなこと言わないでよ。
スヌーピー　バカなこと言ってるのはあなたでしょう？　足が痛いのは、僕だって同じなんですよ。自分の体重さえ持て余してるのに、他人の体重まで支えられませんよ。
パティ　悪かったわよ。
ルーシー　いくら何でも遅すぎない？　連絡ぐらいあってもよさそうなのに。
シュレーダー　電話はつながってませんか？
マーシー　相変わらず切れたまま。

シュレーダー　大分修理に手間取ってるみたいですね。

ルーシー　手間取りすぎよ。一時間で動き出すんじゃなかったの?

シュレーダー　「かかっても二時間」て言ったろう? もう少しの辛抱さ。

ルーシー　本当にもう少しなんでしょうね?

シュレーダー　保証はできないけど、こういう時は焦った方が負けなんだ。助け出された時、みっともない顔をしていたくなかったら、静かに待つしかない。

ルーシー　でも、あと一時間かかったら、七時よ。閉店時間になっちゃうじゃない。

サリー　プレゼントが買えなくなるわ。このデパートでなんか、買ってあげたくはないけど。

ライナス　あなた、何を買いに来たんですか?

サリー　ピーピーケトル。

ライナス　何ですか、それ?

パティ　やかんよ。知らないの?

マーシー　沸騰すると、ピーピー鳴るやつ。

ライナス　あーあー。あんなうるさいもの、どうして?

サリー　ピーピー鳴るたびに、私のことを思い出してもらえるじゃない。

マーシー　条件反射ね?

ライナス　それはどうかな。逆に、あなたに会うたびに、ピーピーうるさいのを思い出すわけでしょう?

サリー　うるさいわね。

マーシー　その点、私は傘だから、雨が降るたびに、私を思い出すわけ。なかなかロマンチックでしょう？
ライナス　傘ってなくしやすいんですよね。電車の中とか。
マーシー　うるさいわね。
パティ　みんな、ダメ、ダメ、ダメね。買った物で済ませようとするから、ボロが出るのよ。プレゼントはやっぱり手作りでなくちゃ。
ライナス　と言いますと？
パティ　私のプレゼントはね、手編みのセーター。
ライナス　へー。でも、できてるやつを買っちゃったら、手作りにならないじゃないですか。
パティ　だから、今日は材料の毛糸を買って――
ライナス　ちょっと待った。クリスマス・イブは今日なんですよ。今日買って、今日編んで、今日プレゼントするつもりですか？
パティ　そんなの無理よ。だから、今日は毛糸をプレゼントして、返してもらって、来年のクリスマスまで一年がかりで編むのよ。
マーシー　その前に、振られちゃったら、どうするんですか？
パティ　バカね。セーターがもらえるって思えば、向こうだって我慢するわよ。
マーシー　なるほど。
サリー　あなたは何を買うの？
ライナス　僕は、皆さんみたいに相手がいないんで、自分で自分にプレゼントしようと思って。

サリー　だから、何を？
チャーリー　毛布じゃない？
ライナス　そう、毛布。去年まで使ってたのは、毛が抜けて、ただの布になっちゃったんで。あれ？　僕が毛布を買うって、よくわかりましたね？
チャーリー　ただ、何となく。
ルーシー　あなた、さっきから何を読んでるの？
チャーリー　（本を隠して）これは別に。
サリー　（本を覗き込んで）あら、マンガ？
シュレーダー　そうか。本でも持ってれば、暇潰しになったのに。
ルーシー　こんな時に、よく本が読めるわね。しかも、マンガなんて。
スヌーピー　僕はそのマンガ、好きですよ。初めて読んだのは、大学生の時だったかな。大学の授業なんかより、よっぽどためになるって思いました。
チャーリー　ためになるって？
スヌーピー　そのマンガの登場人物はみんな子供じゃないですか。でも、みんな自分に誇りを持ってる。「僕なんかよりずっと大人だ」って感心したんです。
チャーリー　誇りですか。
マーシー　あなたは何を買いに来たの？
チャーリー　まだ決めてないんです。
ルーシー　今、外へ出られても、一時間しかないのよ。決めておいた方がいいんじゃない？

チャーリー　いいんです。買えなかったら、買えなくても。
ルーシー　実を言うと、私もまだ何を買うか決めてないいんだけどさ。
ライナス　他人のこと、言えないじゃないですか。
ルーシー　私の場合、本人を連れてきてるから。本人が選んだものなら、外れる心配がないでしょう？
シュレーダー　そのかわり、「何が入ってるのかな？」ってドキドキしながら蓋を開ける楽しみがないよ。
ルーシー　開けた時に「何じゃこりゃ」って顔をされるよりマシよ。
シュレーダー　そんな顔してないだろう？
ルーシー　したわよ、去年。
シュレーダー　ニッコリ笑って、「ありがとう」って言ったじゃないか。
ルーシー　目が死んでたの。
シュレーダー　僕の目はいつだってこういう目なんだよ。
ルーシー　本当にうれしかったら、「ワーイワーイ」って飛び跳ねてほしいわ。
シュレーダー　小学生じゃないんだよ。
ライナス　まあまあ、そんなに興奮しないで。
スヌーピー　こんな所で痴話喧嘩することないでしょう。
ルーシー　痴話喧嘩とは何よ。
ライナス　まあまあ。（スヌーピーに）あなたは何か買わないいんですか？

スヌーピー　僕は仕事をしに来たんです。
ルーシー　どうせプレゼントする相手がいないのよ。
ライナス　その事実は否定しませんけどね。僕は、プレゼントをしたりされたりするのは、あんまり好きじゃないんです。
サリー　あら、どうして？
スヌーピー　クリスマスっていうのは、男と女がプレゼントを交換して、イチャイチャするための日じゃないでしょう。プレゼントがしたかったら、いつでもしたい時にすればいいじゃないですか。
サリー　一年に一度の方が経済的じゃない。
スヌーピー　みんなが一斉にプレゼントしたら、もらえない人が目立つでしょう。
ルーシー　要するに、ひがんでるのね？
ライナス　じゃ、あなたには僕がプレゼントしますよ。残り物で申し訳ないけど、キャラメルです。（とキャラメルの箱を差し出す）
スヌーピー　甘いものはダメだって言ったでしょう。
パティ　それじゃ、私がもらうわ。（とキャラメルを一粒取る）
マーシー　私も。（とキャラメルを一粒取る）
サリー　私ももらおうっと。（とキャラメルを一粒取る）
ライナス　あ、一個になっちゃった。もうあげませんよ。（と箱をしまう）
スヌーピー　サンタクロースのアルバイトを始めて、今日で一週間になるんですけど、最初に驚いたのは子供たちです。「今年はいい子にしてたかい？」って聞くと、大きな声で「してた！」って言う子もいます。ジッと考え込んで、「おねしょ、いっぱいした」って泣き出す子もいます。みんな、プレゼントがもらえるのを楽しみにして、この一年を過ごしてきたんです。クリスマスっていうのは、そんな子供たちのためにあるんですよ。

サリー　私も、小学校に入るまでは、信じてた。枕元にプレゼントを置いてくれるのは、サンタクロースだって。

ライナス　どうして信じなくなったんですか？

サリー　社会科の授業で、世界地図を見た時。一人でこれ全部回るのは無理だって思ったの。

ライナス　僕はそうは思わなかったな。サンタクロースはおじいさんだけど、この日のために、一年間、鍛えてるんだと思ってました。

パティ　どんなに鍛えても、一晩じゃ回りきれないでしょう？

ライナス　それは、橇がどれぐらいのスピードを出せるかによりますよ。光速が出せれば、何とかなります。

マーシー　問題は荷物よ。世界中の子供たちに配るプレゼントを、どうやって橇に積むの？

ライナス　あ、それは大丈夫です。サンタクロースの袋さえあれば。

マーシー　どうしてよ。

ライナス　あの袋は、フィンランドにあるサンタクロースの家につながってるんです。だから、十万個でも百万個でも、好きなだけ出せるんですよ。

シュレーダー　ドラえもんの四次元ポケットじゃあるまいし。そんなおかしな袋、あるわけないでしょう。

ルーシー　でも、本当にあったら、凄いわね。

スヌーピー　本当にあったんですよ。だって、彼が拾ったのは、その袋だったんだから。

サリー　私はただの勘違いだと思うな。袋の持ち主は泥棒で、盗んだものを置き忘れていったのよ。

スヌーピー　中には何が入ってました。手袋とグローブとスケート靴ですよ。そんなつまらないもの、泥棒が盗むわけありません。

マーシー　でも、袋は道端に置いてあったのよ。

パティ　そうよ。サンタクロースは煙突から家の中に入るはずよ。道端にあったってことは、誰か他の人が置いていったのよ。

スヌーピー　とにかく、彼はその袋を拾った瞬間から、ホンモノのサンタクロースになったんです。だから――

七人　『もう一人のサンタクロースの――

チャーリー　――もう一つのクリスマス』

チャーリー・ブラウン、ルーシー、サリー、ライナス、ペパーミント・パティ、マーシーが去る。

12

残ったのは、シュレーダーとスヌーピー。

シュレーダー それはそれは寒い夜でした。空には星一つなく、今にも雪が降ってきそうな夜でした。道行く人はコートの襟を立てて、背中を丸めて、みんな急ぎ足。時計はそろそろ七時を回る頃。クリスマス・イブの楽しい夕食の時間です。大きな家では大きなパーティー。小さな家では小さなパーティー。大きくても小さくても、あったかい夜を過ごすために、人々は家路を急ぐのです。よく見ると、どの人の手にもプレゼントの包み。この包みを開けた時、あの子はどんな顔をするだろう。そんな思いが、みんなを余計を急がせるのかもしれませんけど、君はさっきから何をやってるの？

スヌーピーはシュレーダーの科白の内容を身振り手振りで説明していた。

スヌーピー ワン？

シュレーダー 横でゴチャゴチャ動き回るから、気が散るじゃないか。

スヌーピー　ワン！
シュレーダー　「でも」って言ったのかい？
スヌーピー　ワンワワンワワンワワ。
シュレーダー　犬のお客さんには？
スヌーピー　ワンワンワワンワワ。
シュレーダー　人間の言葉が？
スヌーピー　ワンワワンワワ。
シュレーダー　わからないから？
スヌーピー　ワーワワンワワ、ワワワンワ。
シュレーダー　同時通訳してるんだ？
スヌーピー　ワン。
シュレーダー　なるほどね。で、犬のお客さんはどこにいるの？
スヌーピー　（客席を見回して）ワン……。
シュレーダー　君の気持ちはわからないでもないけど、犬はお芝居なんか見ないんだよ。
スヌーピー　ワワワンワワン、ワンワンワワワワワンワ！
シュレーダー　確かに、君はお芝居を見るよ。でも、他の犬はどうかな。たとえば、ここにラッシーとベンジーとリンチンチンとパトラッシュとバロンとケンケンとチョビを連れてきて、「お芝居を見なさい」って言ったとしよう。その中の何匹が最後まで見ると思う？
スヌーピー　ワワワンワ。

シュレーダー　パトラッシュか。あいつは飼い主に似て、まじめだからな。
スヌーピー　ワンワワワンワワワンワ。
シュレーダー　え？　話を先に進めろって？　そうでしたそうでした。というわけで、クリスマス・イブに、不思議な袋を拾ったベンジャミン。裏通りを全速力で駆け抜けて、小さいながらも貧しい我が家に到着しました。

スヌーピーとシュレーダーが去る。そこへ、チャーリー・ブラウンが飛び出す。サンタクロースの衣裳を着て、白い袋を持っている。

チャーリー　ジュリエッタ！　ジュリエッタ！　プレゼントを持ってきたよ、ジュリエッタ！

そこへ、ペパーミント・パティとマーシーがやってくる。それぞれ、母と娘の衣裳を着ている。

パティ　あら、あんた、もう帰ってきたの？
チャーリー　（マーシーに）ジュリエッタ！　おまえに見せたいものがあるんだ！
パティ　仕事はどうしたのよ。まさか、またクビになったんじゃないでしょうね？
チャーリー　その話は後でゆっくりするから。それより、ジュリエッタ――
パティ　後でじゃなくて、今してよ。あんたの今夜の稼ぎで、私たちの明日の食事が決まるのよ。

チャーリー　……実は、またクビになった。
パティ　お給料は？
チャーリー　退職金がわりだって、この服を。
マーシー　こんな服で、パンやバターが買えると思ってるの？
チャーリー　明日、また早起きして、仕事を探しに行くよ。今度こそ、まじめに働くから。
マーシー　そう言って、いつもクビになるのよね。
チャーリー　大丈夫大丈夫。明日は明日の風が吹くって言うじゃないか。それより、ジュリエッタ。おまえ、今朝、「手袋がほしい」って言ったよね？
マーシー　買ってきてくれたの？
チャーリー　買ってきたんじゃないよ。サンタさんから預かってきたんだ。
マーシー　嘘ばっかり。サンタクロースなんているわけないのに。
チャーリー　確か、真っ赤な手袋だったよね？
マーシー　ピンクよ。
チャーリー　真っ赤だろう？
マーシー　ピンクがいいの。
チャーリー　今朝は「真っ赤」って言ったじゃないか。
マーシー　ピンクが好きなの。ピンクでなくちゃ、絶対いや！
チャーリー　でも、この袋には真っ赤な手袋しか――

チャーリー・ブラウンが袋から手を出すと、その手にはピンクの手袋。

マーシー　ピンクだ！（と手袋を取って）ありがとうパパ！
チャーリー　どうなってるんだ、この袋？
パティ　あんた、あの手袋、どうしたのよ。まさか、デパートから盗んできたんじゃ……。
チャーリー　違うよ。この袋に入ってたんだ。
パティ　この袋はどうしたのよ。
チャーリー　道端で拾ったんだ。
パティ　あんた、私にだけは嘘をつかないで。
チャーリー　そうか、わかったぞ。この袋は、ほしいと思ったものが何でも出せる袋なんだ。
パティ　あんた、遠い世界へ行かないで。
チャーリー　エレン、おまえは何がほしい。何でも、この袋から出してやるぞ。
パティ　甲斐性のある亭主。
チャーリー　え？
パティ　ていうのは無理だろうから、パン。
チャーリー　そんなものでいいのか？
パティ　何を言ってるのよ。人間はパンを食べなくちゃ生きていけないのよ。
チャーリー　はい、パン。

チャーリー・ブラウンが袋からパンを取り出す。

チャーリー　パン、パン、パン、パン！（と次々とパンを出す）

パティ　（受け取って）あんた、バターも！

チャーリー・ブラウンが袋からバターを取り出す。

チャーリー　バター、バター、バター、バター！（と次々とバターを出す）

パティ　（受け取って）これで一週間は生きていけるわ。

マーシー　そこで、ベンジャミンは考えました。

チャーリー　やっぱり、こいつはサンタの袋だ。サンタの袋だとしたら、自分のためだけに使うのはよくないぞ。

パティ　あんた、次はおかずよ。

チャーリー　プレゼントがもらえない人は、他にもいっぱいいるはずだ。その人たちにも、この袋を使って、出してあげなくちゃ。

パティ　牛肉！　豚肉！　鶏肉！

マーシー　同じ分だけ、野菜もね！

チャーリー　よーし、僕はサンタクロースだ。今夜だけは、ホンモノのサンタクロースになるんだ！

チャーリー・ブラウンが走り去る。

パティ　あんた！

マーシー　こうして、ベンジャミンは不思議な袋を持って、街に飛び出したのです。

パティ　パンだけじゃ、栄養のバランスが……。

マーシー　なぜ一言、「現金」て言わなかったんですか？

ペパーミント・パティとマーシーが去る。そこへ、チャーリー・ブラウンが飛び出す。

チャーリー　さあ、皆さん。僕はサンタクロースです。何でもほしいものを言ってください。この袋から、出してあげますよ。

そこへ、スヌーピーがやってくる。貧乏な老人の衣裳を着ている。

チャーリー　おじいさん、何かほしいものはありませんか？

スヌーピー　（チャーリー・ブラウンを避ける）

チャーリー　おじいさん？（とスヌーピーを追う）

スヌーピー　（さらに避ける）

チャーリー　ちょっと、耳が遠いんですか？　おじいさん！

スヌーピー　（ひざまずいて、チャーリー・ブラウンに謝る）

チャーリー　そんなに怖がらないでくださいよ。僕は強盗じゃありません。変な人でもありません。ただのサンタクロースです。

スヌーピー　（ひざまずいて、チャーリー・ブラウンに謝る）

チャーリー　嘘じゃないんです。正真正銘、ホンモノのサンタクロース。さあ、何でもほしいものを言ってください。

スヌーピー　（小声でささやく）

チャーリー　え？

スヌーピー　（チャーリー・ブラウンの耳元でささやく）

チャーリー　そんなものがほしいんですか？　お年寄りとは思えないセンスだな。

チャーリー・ブラウンが袋から犬のぬいぐるみを取り出す。

スヌーピー　ワン！（とぬいぐるみを受け取る）

チャーリー　抱いて寝ると、暖かいですよ。

スヌーピー　ワン！（と右手を差し出す）

チャーリー　（スヌーピーの右手を握って）どういたしまして。

スヌーピーが去る。そこへ、サリーとライナスが飛び出す。貧乏な少年少女の衣裳を着ている。

ライナス サンタさん！

チャーリー やあ、君たち。さっきから探してたんだよ。ほら。（と袋を差し出す）

サリー 袋！

ライナス 橇が見つかったんですね？　よかった。

チャーリー 来年て約束したけど、今年のことは今年のうちに済ませた方がいいと思ってね。

ライナス それじゃ、プレゼントをくれるんですか？

チャーリー 君はボクシングのグローブだったよね？

チャーリー・ブラウンが袋からボクシングのグローブを取り出す。

ライナス （グローブを受け取って）やったあ！　四年目にして、ついに……。

チャーリー 君はスケート靴だったよね？

サリー フィギュアよ。他の種類はお断りですからね。

チャーリー 他にどんな種類があるのか、知らないけど……。

チャーリー・ブラウンが袋からスケート靴を取り出す。

チャーリー　これかな？（とスケート靴を差し出す）

サリー　（受け取って）これよこれよ！　なぜかサイズまでピッタリ！

ライナス　ありがとう、サンタクロース。

チャーリー　どういたしまして。君たちに会えなかったら、どうしようかと思ってたんだ。

サリー　来年も来てくれる？

チャーリー　そうだな。できることなら、来年だって再来年だって来たいんだけど……。

サリー　約束して。

チャーリー　……約束するよ。来年も必ず来る。その時までに、今度は何がほしいか、考えておくんだよ。

ライナス　サンタさん。この帽子。

チャーリー　それは約束の印さ。

ライナス　約束はもう果たされました。サンタさんは、やっぱりこの帽子をかぶってなくちゃ。（とチャーリー・ブラウンに帽子をかぶせる）

チャーリー　ありがとう。

ライナス　お礼を言うのは、こっちの方です。

サリー　さよなら、サンタクロース。

チャーリー　さよなら。

ライナス　さよなら。

ライナスが去る。

サリー　子供たちと別れてから、ベンジャミンは思いました。

チャーリー　知らなかった。サンタクロースの仕事って、こんなに楽しいものだったのか。お金は全然儲からないけど、みんなに「サンタさん」て呼んでもらえる。みんなに「ありがとう」って言ってもらえる。こうなったら、来年も再来年もやっちゃおうかな。

サリー　とすっかり調子に乗ったものの——

チャーリー　ダメだダメだ。いくら楽しくても、この袋は僕のものじゃない。ホンモノさんのものなんだ。今頃は、「どこに落としたんだろう」って、あちこち探し回ってるだろうな。僕としては、「落としてくれて、ありがとう」って感謝したいぐらいだけど。

サリー　しかし、幸せなんて、そう長続きはしないもの。主役がやっと幸せをつかんだと思ったら、決まって現れるのが悪役。

サリーが去る。

13

ルーシーとシュレーダーが飛び出す。ルーシーはデパートの店員の衣裳、シュレーダーはお巡りさんの衣裳を着ている。

ルーシー お巡りさん、あの男です！
チャーリー どうかしたんですか、ミセス・ロビンソン？
ルーシー ミス・ロビンソン。
シュレーダー （拳銃を抜いて）よし、そこを動くな。両手を組んで、頭の後ろに当てるんだ。
チャーリー 僕が何をしたって言うんですか。
ルーシー 決まってるでしょう、泥棒よ。
チャーリー 泥棒？　僕は泥棒なんてしてませんよ。
ルーシー じゃ、これは何。（とぬいぐるみを差し出す）
チャーリー それは、さっき、僕がおじいさんに——
ルーシー やっぱり、あんたがあげたのね？
シュレーダー 素直に容疑を認めるんだな？　よし、逮捕する。

チャーリー　ちょっと待ってください。ぬいぐるみをあげただけで、どうして逮捕されなくちゃいけないんですか。（と後ずさりする）
シュレーダー　（拳銃を構えて）動くな！
チャーリー　（止まって）やめろ！　撃たないでくれ！
ルーシー　このぬいぐるみはウチのデパートの商品よ。私に黙って持ち出すなんて、大した度胸ね。
チャーリー　そんなことしてません。
シュレーダー　ぬいぐるみだけじゃないぞ。（と袋を取って）目撃者の証言によると、おまえはこの袋からいろんなおもちゃを出したって言うじゃないか。そして、貧乏人どもに配って回ったって。
ルーシー　ボクシングのグローブとかスケート靴とか、みんな私の売り場の商品じゃないの。私がそんなに憎い？　クビにされたのがそんなに悔しい？　まじめに仕事をしなかったのは誰よ。全部、あんたが悪いんじゃないの。
チャーリー　もちろん、悪いのは僕です。クビになったのは当然だったと思ってます。
ルーシー　だったら、どうして盗んだの。
チャーリー　だから、それは盗んだんじゃなくて、この袋に入ってたんですよ。
シュレーダー　この袋はどこで手に入れた。
チャーリー　道端で拾ったんです。
シュレーダー　そんな言い訳が通用すると思ってるのか？

ルーシー　道端に落ちてた袋の中に、どうしてこんなに新しいぬいぐるみが入ってるのよ。

シュレーダー　道端に落ちてたってことは、いらなくなって捨てたってことなんだよ。一言で言えば、ゴミなんだ。底の抜けた鍋とか、そったおたまとか。ところが、この袋の中に入ってるのは——

シュレーダーが袋の中から手を出すと、その手には底の抜けた鍋。

シュレーダー　底の抜けた鍋とか——

シュレーダーが袋の中から手を出すと、その手にはそったおたま。

シュレーダー　そったおたまとか。なんだ、ちゃんと入ってるじゃないか。おりょりょ？

ルーシー　あんた、いつの間に？

チャーリー　聞いてください、ロビンソンさん、お巡りさん。（と袋を取って）この袋は、ほしいと思ったものが何でも出せる袋なんです。一言で言えば、サンタクロースの袋なんです。

シュレーダー　デタラメを言うな！

チャーリー　だって、現に今、出てきたじゃないですか。

シュレーダー　俺はこんなもの、ほしいなんて思ってないぞ。（と鍋とおたまをチャーリー・ブラウンに突き返して）俺がほしいのはな、オルゴールなんだ。

チャーリー・ブラウンが袋からオルゴールを取り出す。

シュレーダー　ただのオルゴールじゃないぞ。ビートルズの曲のオルゴールなんだ。『星に願いを』とか『ミッキー・マウス・マーチ』なんてのは、絶対に認めないからな。

チャーリー・ブラウンがオルゴールの蓋を開く。ビートルズの曲が流れる。シュレーダーがオルゴールを取る。

シュレーダー　こいつがほしかったんだよ。（と泣く）
チャーリー　あなたは何がほしいですか？
ルーシー　私にもくれるのか？
チャーリー　本当は、誰にもプレゼントがもらえない人だけなんですけど。
ルーシー　私にプレゼントをくれる人なんて、一人もいないよ。
チャーリー　だったら、あなたにも権利があります。何でもほしいものを言ってください。
ルーシー　……ハート。
チャーリー　は？
ルーシー　男の子のハートがほしい。

チャーリー　（小声で）ちょっと、科白が違うでしょう？
ルーシー　いくらアタックしても、全然相手にしてくれない、シュレーダーのハートがほしい。
シュレーダー　それ以上しゃべると、暗転にするよ。
ルーシー　ほしいものなら何でもくれるって言ったでしょう？
チャーリー　科白にないものはあげられないよ。
ルーシー　ホンモノのサンタクロースなら、私の願いを聞いてよ！
シュレーダー　ルーシー！

シュレーダーが照明のオペ室に合図を送る。暗転。と、闇の中に、一筋の光。

ルーシー　懐中電灯を用意するって言ったでしょう？

ルーシーが懐中電灯を自分の顔にあてたのだ。と、音楽。舞台がゆっくりと明るくなっていく。

シュレーダー　こんな曲まで用意して。
ルーシー　今夜こそはまじめに答えて。私のことが好き？　それとも嫌い？
シュレーダー　それは、毎日言ってるじゃないか。
ルーシー　今の気持ちを答えてほしいの。
シュレーダー　好きじゃない。

ルーシー　好きじゃないけど、嫌いでもない？
シュレーダー　そりゃ、別に嫌いとまでは言わないけど。
ルーシー　私のこと、迷惑？
シュレーダー　悪いけど、かなり迷惑なんだ。
ルーシー　……そう。
シュレーダー　ごめん。
ルーシー　私のどこが迷惑？　傲慢だから？　自分勝手だから？　女らしくないから？
シュレーダー　君は素直だから。
ルーシー　私って、素直なの？
シュレーダー　素直だよ。自分の気持ちを誰にも隠そうとしない。
ルーシー　素直っていいことでしょう？　どうして素直が迷惑なの？
シュレーダー　僕は、素直がいいことだとは思わない。むしろ、危険だと思う。自分の気持ちを剥き出しにするのは、ナイフを振り回すのと同じなんだ。君も傷つくし、相手も傷つける。
ルーシー　私があんたを傷つけたって言うの？
シュレーダー　その分、君も傷ついてるはずさ。
ルーシー　私は傷ついてないわ。
シュレーダー　いや、君は傷ついてる。
ルーシー　傷ついてないわ。もし傷ついてたとしても、それは私の問題じゃない。私が痛いと思わないなら、それでいいじゃない。

シュレーダー　今は痛くないかもしれない。でも、君がずっと素直なままでいたら、いつかはボロボロになるよ。君だけじゃない。周りの人間だって、ボロボロになる。
ルーシー　あんたも？
シュレーダー　僕はいいけど、他の人には耐えられないよ。君のそばから次々と離れていく。そして、君はひとりぼっちになる。そうなる前に捨てるんだよ、素直さを。自分の気持ちを隠してしまえば、君は二度と傷つかない。
ルーシー　私に嘘をつけって言うの？
シュレーダー　時には、それも必要さ。君自身を守る楯にもなるんだから。
ルーシー　私自身を守る？
シュレーダー　そうさ。
ルーシー　同時に、あんたのことも守る？
シュレーダー　たぶん、そうさ。
ルーシー　そう。
シュレーダー　でも、君はきっと捨てないよ。どんなに傷ついても、君は素直なままだ。それでいいのさ。君は君だし、僕は僕なんだから。だから、やっぱり、別れるしかない。
ルーシー　嘘よ。
シュレーダー　何が。
ルーシー　あんたの口から出てくる言葉は、一つも間違ってない。あんたはいつも冷静で、私の気持ちもあんたの気持ちも、百パーセントわかってる。まるでベテランのピアニストみたいに、音符一つ間違えずに曲を弾く。楽譜通りに正確に。でもね、私の気持ちは楽譜なんかに書き直せるわけないのよ。

シュレーダー　当たり前じゃないか。君は人間なんだから。

ルーシー　じゃ、あんたはどうなのよ。人間なら、苦しい時は「苦しい」って言えばいいじゃない。それがどんな種類の苦しみか、考える前に口に出せばいいじゃない。でも、あんたは考える。自分の苦しみを楽譜に直してから苦しむ。苦しもうとして苦しんでる。

シュレーダー　だから、僕は嘘つきだって？

ルーシー　嘘をつこうとしてついてるわけじゃない。でも、あんたには一つも本当がない。

シュレーダー　そんなことないさ。

ルーシー　私があんたを傷つけたって、どうしてはっきり言わないのよ。

シュレーダー　違うよ、ルーシー！

ルーシー　違わない。違うって思ってるのは、ニセモノのあんた。ニセモノの苦しみを苦しんでるあんたよ。

シュレーダー　そうじゃない。そうじゃないんだよ。

ルーシー　ねえ、サンタさん。私がほしいのはシュレーダーのハートよ。ニセモノのハートじゃない、ホンモノのハート。いいでしょう？　年に一度のクリスマス・イブなんだから。

ルーシーが周囲を見回す。が、チャーリー・ブラウンはいない。

ルーシー　サンタさん、どこへ行ったの？　一番大事なところなのに。サンタさん！

シュレーダー　さよなら。

ルーシー　待ってよ。

シュレーダー　さよなら。

ルーシー　まだ話が終わってない。

シュレーダー　さよなら。

ルーシー　待ってよ。ねえ。

シュレーダー　さよなら。

シュレーダーが去る。

ルーシー　ばかやろう！

ルーシーが去る。

14

チャーリー・ブラウンがやってくる。

チャーリー まだプレゼントをもらってない人はいませんか？　いたら、すぐに僕の所へ来てください。この袋から、何でもほしいものを出してあげますよ。怖がらなくても大丈夫。僕は泥棒じゃありません。手品師でもありません。ただのサンタクロースです。

チャーリー・ブラウンが袋を地面に置く。

チャーリー あれ？　この通りは前にも一度通ったぞ。ということは、街を一周してきちゃったわけだ。あー、くたびれた。サンタクロースの仕事って、結構労働なんだな。同じ動作の繰り返しで、すっかり肩が凝っちゃった。でも、気分は最高だ。「また明日もやれ」って言われたら、僕は喜んで引き受ける。あれだけたくさんの人の笑顔が見られるなら、何回だってやってみせるぞ。

そこへ、スヌーピーがやってくる。

チャーリー おじいさん。さっきのおじいさんでしょう？

スヌーピー （逃げる）

チャーリー 待ってくださいよ、おじいさん。僕は怒ってなんかいませんよ。お巡りさんに捕まったのは、あなたのせいじゃないんだから。それより、ほら。

チャーリー・ブラウンが袋から犬のぬいぐるみを出す。

チャーリー これはあなたのものですよ。僕があなたにプレゼントしたんだから。心配しなくても大丈夫。盗んだものじゃありません。さあ。（とぬいぐるみを差し出す）

スヌーピー （受け取って）ワン。

チャーリー この笑顔がたまらないんだよな。

スヌーピー ワンワワン。ワワワンワワワンワ？

チャーリー 僕にプレゼント？　サンタクロースはプレゼントなんかもらいませんよ。

スヌーピー （ぬいぐるみを差し出して）ワン。

チャーリー 気を遣わないでください。これはもうあなたのものです。

スヌーピー （酒瓶を差し出して）ワン？

チャーリー お酒ですか？　じゃ、お言葉に甘えて、一口だけ。ダメだダメだ！　まだ勤務中です。

スヌーピー　（前方を指さして）ワン。

チャーリー　もう十二時か。クリスマス・イブも、そろそろおしまいなんだな。

スヌーピー　（酒瓶を差し出して）ワン？

チャーリー　いや、やっぱりやめておきます。僕はもうプレゼントをもらったんだから。

スヌーピー　ワン？

チャーリー　この仕事ですよ。サンタクロースになれたことが、何よりのプレゼントだったんです。

十二時の鐘が鳴る。

スヌーピー　ワンワワ、ワンワワワーワ。

チャーリー　さよなら。また来年会いましょう。

スヌーピーが去る。

チャーリー　とは言ったものの、来年もやれるかどうかはわからないんだよな。この袋は僕のものじゃない。ホンモノさんが来て、「返せ」って言ったら、返さないわけにはいかないんだ。あれ？　鈴の音だ。誰かが遠くで鈴を鳴らしてる。いや、遠くじゃないぞ。だんだんこっちに近づいてくる。（と背後を振り返って）あれは！　トナカイの橇だ！　とうとうホンモノさんのお出ましか。袋がここにあるって、どうしてわかったんだろう。

そこへ、サリーがやってくる。天使の衣裳を着ている。

サリー こんばんは。
チャーリー こんばんは。あの、あなたは?
サリー 天使です。
チャーリー そうでしょうね。その恰好を見れば、想像はつきます。それで、ホンモノさんは?
サリー ホンモノさん?
チャーリー ホンモノのサンタクロースですよ。この袋の持ち主。
サリー その袋はあなたのものでしょう?
チャーリー いいえ、これは拾ったんです。いやその、道端に落ちてたから、ゴミでも入ってるんじゃないかと思いまして。
サリー 私が置いたんです。
チャーリー なんだ、そうだったんですか。どうして?
サリー あなたが拾うだろうと思ったから。
チャーリー なるほど。僕が拾うだろうと。そりゃ、落ちてるものは大抵拾いますけどね。は?
サリー 今日はご苦労様でした。また来年もやってくれますか?
チャーリー あの、何を?
サリー サンタクロースを。

チャーリー　それはその、つまりこういうことですか？　この袋は、ホンモノさんが落としていったんじゃなくて……。
サリー　ホンモノはあなたですよ、サンタクロース。
チャーリー　……そうか。僕はサンタクロースだったのか。

そこへ、ルーシーが飛び出す。

ルーシー　サンタクロース、私はまだもらってないわ。
チャーリー　ルーシー！
ルーシー　男の子のハートを一つ、何とかして取り戻したいの。
チャーリー　そんなの無理だよ。いくらサンタクロースだって、人間の心をプレゼントするわけにはいかない。
ルーシー　何でもほしいものをくれるって言ったでしょう？
チャーリー　人間の心はものじゃないよ。
ルーシー　あんたまで嘘をつくの？
チャーリー　嘘じゃなくて、冷静な事実なんだよ。
ルーシー　事実事実、事実なんてもうたくさんよ！（と拳銃を構える）
チャーリー　ルーシー！
ルーシー　もう一度聞くわ。くれるの？　くれないの？

チャーリー　せっかくラストまで来たのに。お芝居をメチャクチャにしないでくれ！

ルーシー　私のせいじゃないわ！

ルーシーが撃つ！　チャーリー・ブラウンが倒れる。暗転。

15

チャーリー　タイム！

明転。スヌーピー、シュレーダー、ライナス、ペパーミント・パティ、マーシーが飛び出す。次の会話の間に、チャーリー・ブラウンはサンタクロースの衣裳を、サリーは天使の衣裳を脱ぐ。

五人　ルーシー！
ルーシー　……ごめん。
シュレーダー　「ごめん」じゃないよ。お芝居がぶちこわしじゃないか。
パティ　あとちょっとで終わるところだったのに。
ライナス　お客さんたち、みんな、唖然としてたよ。「おいおい、死んじゃったよ」って。
マーシー　私たちのお芝居はファンタジーですからね。「ラストはハッピーエンドに決まってる」と思ってたんでしょう。
パティ　それなのに、いきなり主役が殺されて、暗転だもんね。
チャーリー　そうだよ、ルーシー。どうして僕を殺したのさ。別に科白は間違えてなかっただろう？

ルーシー　つい、勢いよ。

チャーリー　勢いで殺されちゃたまらないよ。だから、「アドリブはやめろ」って言ったんだ。

ルーシー　こんなことになるとは思わなかったのよ。私はただ、シュレーダーとラブシーンがやりたくて。

シュレーダー　すかさず暗転にしたのに。

ライナス　本当に懐中電灯を持ってくるんだもんなあ。

パティ　でも、私はうらやましかった。恋人同士の役がやれて。

マーシー　あれは、役じゃないですよ。ルーシーとシュレーダーは、自分自身でやってたんです。

パティ　じゃ、二人は本当に別れちゃったわけ？　まあ、お気の毒。

サリー　ちょっと待って。ルーシーとシュレーダーって、いつから恋人同士になったの？

ルーシー　生まれる前からよ。

シュレーダー　違う違う。小学生っていうのは、お友達にはなれても、恋人にはなれないんだ。

サリー　恋人でもない二人が、どうして別れたのよ。

マーシー　そう言えば、変ですね。

サリー　あれが小学生の会話？　ていうより、あんな会話をマンガの登場人物がする？

パティ　レディース・コミックなら、あれぐらい普通よ。

サリー　私たちのマンガは違うでしょう？

マーシー　私たちのマンガで人が死んだことは一度もなかった。

ライナス　しかも、死んだのはチャーリー・ブラウンだった。彼はお芝居の主役である前に、このマンガの主人公なんだ。主人公が殺されるなんて、聞いたことない。

サリー　ルーシー。あんた、本当にルーシーなの？

ルーシー　どうしてそんなこと聞くの？

サリー　ホンモノのルーシーは、どんなにお兄ちゃんをいじめても、殺そうとまではしない。私は殺そうなんて思ってなかった。

ルーシー　でも、現に、お兄ちゃんを撃ったじゃない。

サリー　どうしようもなかったのよ。シュレーダーに「さよなら」って言われて、「早く、早く彼を取り戻さなくちゃ」って思ったから。

サリー　シュレーダーに何を言われたって、ホンモノのルーシーなら気にも留めないはずよ。あんたはやっぱりルーシーじゃない。

ルーシー　私はルーシーよ。

サリー　違うわ、ニセモノよ。ニセモノだから、「さよなら」って言われたのよ。

ルーシー　私を見てよ。この顔。この声。いつもの私と、どこが違うのよ。ねえ、シュレーダー。私はホンモノよね？

シュレーダー　わからない。

ルーシー　何よ、あんたまで。

シュレーダー　サリーの言う通り、さっきの君は君らしくなかった。でも、それは僕も同じなんだ。恋人でもないのに、「別れよう」って言ったじゃないか。

サリー　さっきのあんたたちは、まるで何年も付き合ってきた恋人同士だった。ルーシーだけじゃない。シュレーダーもニセモノなのよ。
ライナス　いや、僕は全く別の可能性もあると思う。
マーシー　別の可能性って？
ライナス　ルーシーやシュレーダーじゃなくて、この物語そのものがニセモノだって可能性さ。
パティ　どういうこと？
ライナス　僕たちのマンガは四十六年も続いてきた。でも、クリスマス・イブにこんなお芝居をやったのは初めてだ。
パティ　お芝居だったら、去年も一昨年もやったじゃない。
ライナス　去年やったお芝居は？
マーシー　キリストの生誕劇でした。
ライナス　そう。僕たちがやったお芝居は、今までずっと生誕劇だった。それなのに、この物語ではサンタクロースのお芝居だった。
ルーシー　いつもと違うお芝居をやったから、私たちは別れたの？
ライナス　そして、チャーリー・ブラウンは殺されたんだ。
パティ　このお芝居を書いたのは……。
マーシー　スヌーピーです。
ライナス　スヌーピー、君はどうしてこんなお芝居を書いたんだ。どうしてこの世界を変えようとするんだ。

スヌーピー　（首を横に振る）
ライナス　とぼけるなよ。みんな君が始めたことだろう？
スヌーピー　（首を横に振る）
ライナス　じゃ、誰が始めたって言うんだ？

スヌーピーがチャーリー・ブラウンに歩み寄る。

ライナス　チャーリー・ブラウンだって言うのか？
パティ　そう言えば、最初に「お芝居をやろう」って言ったのは、チャーリー・ブラウンだったわね。
マーシー　でも、彼は主人公ですよ。主人公がどうしてこの世界を変えようとするんです。
サリー　お兄ちゃん、本当のことを言って。この世界を変えようとしたのは、お兄ちゃんじゃないでしょう？
チャーリー　……。
サリー　お兄ちゃんは「お芝居をやろう」って言っただけよね？　それを無理やり捩じ曲げたのは、ニセモノのルーシーよね？
ルーシー　何度言えばわかるのよ。私はホンモノよ。ホンモノのルーシーよ。
チャーリー　ホンモノじゃないよ。
ルーシー　え？

チャーリー　君はルーシーじゃない。デパートにプレゼントを買いに来た女の子だ。恋人と二人でエレベーターに乗って、今は中に閉じこめられてる。

ルーシー　ちょっと、いきなり何を言い出すのよ。

チャーリー　君だけじゃない。シュレーダーも、サリーも、ライナスも、パティも、マーシーも、みんなニセモノなんだ。

サリー　嘘よ！

ライナス　僕は僕だ！　ニセモノじゃない！

チャーリー　君たちはみんな、エレベーターの中にいるんだ。

シュレーダー　それなら、君はどうなんだ。君はニセモノじゃないのか？

チャーリー　僕は……、僕は……。

ルーシー　（チャーリー・ブラウンの手から本を奪って）この本は何？

マーシー　『さびしがりやのチャーリー・ブラウン』？

パティ　私たちのマンガじゃない。

チャーリー　返せ！（と本を奪い返す）

シュレーダー　そうか。これは全部、君が始めたことなのか。

チャーリー　僕はただ、チャーリー・ブラウンになりたくて……。

シュレーダー　でも、君はチャーリー・ブラウンじゃない。

ルーシー　それなら、一体誰なのよ。

シュレーダー　このマンガを読んでいる、読者だ。

七人がチャーリー・ブラウンを取り囲む。

サリー　あなたは誰？
チャーリー　僕はチャーリー・ブラウンだ。
パティ　あなたは誰？
チャーリー　僕はチャーリー・ブラウンだ。
マーシー　どうして自分を殺したの？
チャーリー　わからない。
ライナス　君が自分でしたことだろう？
チャーリー　わからないんだよ、僕にも。
シュレーダー　このストーリーを作ったのは君だ。
ルーシー　何もかもがあんたの思い通り。
シュレーダー　わからないことなんて、一つもないだろう。
チャーリー　本当なんだ。いつの間にか、こうなっちゃったんだ。
サリー　私たちのマンガを読んだのね？
チャーリー　読んだよ。今も読んでる。
ライナス　そして、勝手に空想してる。
マーシー　あったことも、なかったことも。

パティ　自分を勝手に主人公にして。
チャーリー　僕はチャーリー・ブラウンだ。
ルーシー　違う。あんたはニセモノよ。
チャーリー　僕はチャーリー・ブラウンだ。
ルーシー　嘘よ。あんたはチャーリー・ブラウンじゃない。
シュレーダー　君は一人なんだね？
チャーリー　ああ。
サリー　みんなに嫌われるのね？
チャーリー　ああ。
マーシー　でも、これ以上、我慢できないのね？
チャーリー　ああ。
パティ　だから、あんたはチャーリー・ブラウンなのね？
チャーリー　ああ。
ライナス　君は今、どこにいるんだい？
チャーリー　エレベーターの中さ。
シュレーダー　君は、女の子だね？

チャーリー・ブラウン一人に明かりが残る。

チャーリー　窓を開ければ、外は夜。木枯らしが樅の木をふるわせて、北から南へ駆け抜けます。空には冬の大三角。大いぬ座のシリウスが「ここにいるよ」とささやきます。こんな時、本棚から取り出すのは決まって、『さびしがりやのチャーリー・ブラウン』。ページをめくれば、懐かしい友達の顔が飛び出してくる。ガミガミ屋のルーシー、ピアニストのシュレーダー、天才未熟児のライナス。サリー、マーシー、ペパーミント・パティ。そしてほら、いつもしょんぼりうなだれて、ひとりぼっちの丸い顔。それは、私。どんなにみんなにバカにされても、けっして涙を見せないチャーリー・ブラウン。彼が笑うと、私もうれしくて。彼がガッカリすると、私も悲しくて。私はチャーリー・ブラウン。チャーリー・ブラウンは私。

と、八人が揺れた。

ライナス　……動いてる。
サリー　動いてるわ！
マーシー　直ったのよ、きっと！
パティ　助かるわ、私たち！
ルーシー　とうとう外に出られるのよ！
シュレーダー　シッ！

六人がシュレーダーを見る。

シュレーダー　エレベーターは動き出しても、彼女はまだ読んでいる。

七人がチャーリー・ブラウンを見る。

16

チャーリー・ブラウンが扉の前で本を読んでいる。

ライナス　どうする？
ルーシー　私は出るわ。
ライナス　出るって、エレベーターから？
ルーシー　何言ってるのよ。この世界からよ。
シュレーダー　どうやって。
ルーシー　そんなの、簡単よ。あの子に読むのをやめさせればいいのよ。
サリー　そうすれば、この物語も終わるのね？
ルーシー　いつもの私たちに戻れるってわけよ。
シュレーダー　それはどうかな。
サリー　どうかなって？
シュレーダー　確かに、彼女が読むのをやめたら、この物語は終わる。でも、それと同時に、僕たちも消えるんじゃないかな。

マーシー　消えるって？
パティ　まさか、死んじゃうの？
シュレーダー　死ぬのとは違うけど、似たようなものさ。
ルーシー　どうして私たちが死ななくちゃいけないのよ。
シュレーダー　僕たちは、彼女の空想の中の人間だから。彼女が空想をやめる時が、僕たちの消える時なんだ。
サリー　私たちは、いつものマンガから、勝手に連れてこられたんじゃないの？
シュレーダー　彼女がニセモノであるように、僕たちもニセモノなんだ。
ルーシー　そんなの嘘よ！
シュレーダー　ニセモノだから、僕たちは別れたんだよ。
ルーシー　嘘よ嘘よ嘘よ！　私は私よ！
ライナス　僕は僕で、他の誰でもないはずだ！
シュレーダー　その科白だって、本当は君が考えたんじゃない。彼女が考えたんだ。
サリー　私たちは操り人形？
シュレーダー　仕方ないさ。もともとマンガの中にいた時だって、作者の考えた通りにしか生きられなかったんだから。
パティ　でも、いつもはもっと好きにやれたわ。
マーシー　誰かが死んだり、別れたりしたことは、一度もなかった。
ルーシー　私は出るわ。

シュレーダー　出られないんだよ。
ルーシー　出られなくても出るわ。
シュレーダー　ルーシー、君にはわからないのか?
ルーシー　わかってるわよ。わかってるけど、こんな世界で生きるのも、我慢できないのよ。
シュレーダー　ルーシー!

ルーシーがチャーリー・ブラウンに歩み寄る。

ルーシー　チャーリー・ブラウンのニセモノさん。あんたがニセモノだなんて、ちっとも気づかなかったわ。でも、今から考えれば、よくわかる。お芝居の練習が始まってから、あんたはちっとも失敗しなくなった。チャーリー・ブラウンにしては、やけに演技がうまいと思ってたのよ。
チャーリー　僕はチャーリー・ブラウンだ。
ルーシー　その科白はもう聞き飽きた。あんたはチャーリー・ブラウンになろうとしただけ。でも、結局はなれなかったのよ。
チャーリー　それは、君が僕を殺したからじゃないか。
ルーシー　確かに、私はあんたを殺した。でも、私に殺せって命令したのは、あんたでしょう? だって、この物語の作者はあんたなんだから。
チャーリー　僕はそんなこと、命令してない。

シュレーダー　いや、君は命令したんだ。この物語が許せなくなって。
チャーリー　許せなくなって？
シュレーダー　お芝居が大成功に終わったら、どうなる？　チャーリー・ブラウンはヒーローになるじゃないか。でも、ヒーローになったチャーリー・ブラウンなんて、チャーリー・ブラウンじゃない。
ルーシー　だから、私に殺させて、お芝居を止めたのよ。
チャーリー　そうじゃない。僕は何も命令してないんだ。僕は必死でチャーリー・ブラウンになろうとしただけなんだ。
シュレーダー　でも、君はなれなかった。なれるわけないさ。ホンモノのチャーリー・ブラウンは、どんなに苦しくても、死のうとは思わない。君みたいな弱虫じゃないんだ。
チャーリー　僕はチャーリー・ブラウンだ。
シュレーダー　君がいくらそう思っても、僕たちのチャーリー・ブラウンは君じゃない。

ルーシーがチャーリー・ブラウンの手から本を奪い取る。

五人　ルーシー！
ルーシー　すべての原因はこの本よ。あんたがこの本さえ読まなければ、こんなことにはならなかった。
チャーリー　返してよ！

ルーシー　シュレーダーだって、「さよなら」なんて言わなかった。
シュレーダー　ルーシー！
ルーシー　チャーリー・ブラウンのニセモノさん。あんたの好きなようにはさせないわ。（と本を引き裂こうとする）
シュレーダー　やめるんだ、ルーシー。そんなことをしたら、僕たちは――
ルーシー　わかってるわ！
シュレーダー　わかってるなら――
ルーシー　わかってるけど、もう止められない。私は私。ニセモノの私にはなりたくないのよ！
（と本を引き裂こうとする）
五人　ルーシー！
チャーリー　やめて！

六人の動きが止まる。

チャーリー　やめて。お願いだから。
スヌーピー　チャーリー・ブラウン。
チャーリー　……誰？

スヌーピーがチャーリー・ブラウンに歩み寄る。

スヌーピー　チャーリー・ブラウン。
チャーリー　……スヌーピー。
スヌーピー　もうおしまいだよ。
チャーリー　どうして動けるの？
スヌーピー　もうおしまいにしなくちゃダメだ。
チャーリー　どうして話ができるの？
スヌーピー　君はやっぱり、チャーリー・ブラウンにはなれないんだよ。どんなになりたいと思っても、君は君なんだから。
チャーリー　……。
スヌーピー　僕だって、サンタクロースになりたかったけど、なれなかった。僕はやっぱり、犬だから。でも、これだけは忘れないでほしいんだ。
チャーリー　……。
スヌーピー　僕は君が好きなんだ。君がチャーリー・ブラウンであろうとなかろうと関係ない。必死でお芝居をしている君を見て、大好きになったんだ。
チャーリー　……。
スヌーピー　だから、自分を殺そうなんて思わないでほしい。元気になってほしいんだ。だって、今日は年に一度のクリスマス・イブじゃないか。

スヌーピーがルーシーの手から本を取る。

スヌーピー　君は素敵だよ、チャーリー・ブラウン。

スヌーピーが本を引き裂く。空に撒く。白いページが宙に舞う。と、扉が開く。

サリー　エレベーターが！

ルーシー　開いた！　開いたわ！

七人が扉に向かう。マーシーが出る。ペパーミント・パティが出る。サリーが出る。シュレーダーが出る。ルーシーが出る。そして、チャーリー・ブラウンが出る。ライナスがスヌーピーに歩み寄る。キャラメルを差し出す。スヌーピーが受け取る。ライナスが出る。スヌーピーがキャラメルを見つめる。包みを開く。そっと口に入れる。甘い。かすかに笑う。慌てて扉へ走る。スヌーピーが飛び出したその時、扉は完全に閉まった。

〈幕〉

あとがき

十九歳まで、自分は天才だと思っていた。ノーベル文学賞はちょっときついが、芥川賞は確実に取れると信じていた。当時、演劇界でメキメキ頭角を現しつつあった野田秀樹さんの芝居を見て、泣くほど感動したくせに、「まあ、三年以内に追いつけるだろう」とタカをくっていた。

いや、もう、実に恥ずかしい。僕には自分の力がまるでわかってなかった。あれから二十一年経つけど、野田さんにはいまだにその足元にも及ばない。十九歳、僕が大学二年の秋に生まれて初めて書いた戯曲のタイトルは『ねむれ巴里』。最後の科白を書き上げて、僕は思った。「とんでもない傑作を書いてしまった」と。それなのに、最初の稽古で読み合わせをしたら、役者のみんなの反応がよくない。絶賛の嵐を予想してたのに、なぜか静か。心の中で僕は怒った。「これほどの傑作を、なぜ誉めない」と。

ところが、立ち稽古をしていくうちに、次々と問題点が出てきた。「うーん、自分では百点だと思ってたけど、九十五点ぐらいだったんだな」。まだ気づかない、愚かな僕。しかし、本番が近づくにつれて、九十五点が九十点になり、八十点になり、本番が終わった時にはとうとう五十点。「今回は初めてだったから、実力が出し切れなかったんだ。次は百点の芝居を書くぞ」。やっぱり気づかない、最低の僕。

二十一年後の僕が冷静に点数をつけてみよう。大負けに負けて、三点。もちろん、百点満点で。僕の所には、何年か前から、劇作家志望の人から戯曲が送られてくるようになった。手紙も同封されていて、「読んで、批評してほしい」とか「キャラメルボックスで上演してほしい」とか書いてある。もし『ねむれ巴里』が送られてきたら、僕はこんな返事を書くだろう。「ひどすぎる。イチから勉強し直しなさい」。

大学時代に、六本の戯曲を書いた。それだけ書けば、いくら頭の悪い僕だって、さすがに気づく。自分には才能がないと。だから、芝居から足を洗って、高校教師になった。教師になって二年目に、キャラメルボックスを作った時も、あくまでも社会人サークルとして。ただし、「僕には才能がないんだから、一生懸命勉強しなくちゃダメだ」とは思っていた。だから、必死を本を読み、芝居や映画を見た。

最大の問題は、オリジナリティーのなさだった。僕はゼロから物語が作れなかった。いつも必ず、元ネタがあった。『ねむれ巴里』なら、詩人の金子光晴さんが書いた三冊の旅行記『どくろ杯』『ねむれ巴里』『西ひがし』。僕が書いた『ねむれ巴里』は、それらをモチーフにしたもの、なんて言ったらおこがましい。翻案したもの、でもまだ足りない。早い話が、パクったもの。僕が新たに創造した部分など、一割もなかった。

二作目の『キャラメルばらーど』では、アメリカのマンガ『ピーナツブックス』をパクり、三作目の『ろくばんめの聖夜』では、宮沢賢治の『銀河鉄道の夜』をパクり、四作目の『ガラスの弾丸で撃て！』では、サン・デグジュペリの『星の王子さま』をパクった。書き続けるにしたがって、僕が創造した部分はどんどん増えていった。五作目の『子の刻キッド』など、元ネタはイギリスの映画『バンデットQ』だったが、お客さんのほとんどは気づかなかっただろう。使ったのは、「洋服ダンスから山賊が飛び出してくる」というアイディアだけだったから。

しかし、そのアイディアが『子の刻キッド』の出発点だった。洋服ダンスから飛び出してくるのは、山賊じゃなくて、海賊にしよう。洋服ダンスが置いてあるのは、小学生の男の子の部屋じゃなくて、登校拒否をしている高校生の女の子の部屋にしよう。山賊は金銀財宝を狙っていたが、海賊は「なんでも願い事が叶う魔法の鏡」を探していることにしよう。高校生の女の子は、海賊と一緒に鏡を探す冒険の旅に出るんだ。……そんなふうに考えて、物語を作った。発想は常に元ネタのアレンジだった。

僕はクリエイターではなくて、アレンジャーではないのか。それが僕の悩みだった。アレンジをすればするほど、元ネタの凄さがわかる。宇宙空間を旅する蒸気機関車。それに乗るのは、二人の少年。一人は、父親不在の家庭で、歯を食いしばって生きているジョバンニ。もう一人は、クラスメイトを助けるために川に飛び込んだカムパネルラ。仲良しの二人の旅は、カムパネルラを天国へ送る、別れの旅でもあった……。こんな凄い物語が、ゼロから生み出せるか？　僕の答えはノーだった。僕にはできない。やっぱり、僕には才能がないんだ……。

これもまあ、今から考えれば、ずいぶん稚拙な悩みだった。今の僕は、自分がアレンジャーであることに誇りを持っている。いや、別にクリエイターになることを諦めたわけではない。『銀河鉄道の夜』みたいな物語が本当に書きたい。が、『銀河鉄道の夜』を利用して、僕なりの、別な物語を作ることにも充分に価値がある。そう思っている。井上ひさしさんは、もはや新しい物語など、この世には存在しないと言う。百年以上前に出尽くしたと。現代の作家は、過去の作品をアレンジしているにすぎない。しかし、それでいいのだと。

とは言っても、井上さんはパクりを奨励しているわけではない。アレンジする際に、新たな価値が加わらなければ、わざわざ新たな作品を書く必要などない。そんなことをしたら、オリジナルに対して失礼だ。そう。この「オリジナルに失礼だ」という気持ち。これだけは、忘れてはいけないと思う。『ブリザード・ミュージック』は、宮沢賢治の様々な作品からヒントをもらって書いた。特に、『グスコーブドリの伝記』と『セロ弾きのゴーシュ』と『風の又三郎』の影響が強い。ラストシーンには、しっかり蒸気機関車も出てくるし。それらは、宮沢賢治の作品から、ちゃっかりいただいちゃった、というふうに見えるかもしれない。が、僕の気持ちは違う。

僕は、『グスコーブドリの伝記』や『セロ弾きのゴーシュ』や『風の又三郎』が大好きだ。そのすばらしさを、一人でも多くの人に伝えたい。『ブリザード・ミュージック』を読んだ人が、宮沢賢治の作品を読んでみようと思ってくれたら、これほどうれしいことはない。僕はアレンジャーだが、素材の味を大切にする、まるで和食の料理人のような、そんなアレンジャーを目指している。もちろん、僕なりの味は加えるつもりだが。

『ブリザード・ミュージック』は、キャラメルボックスのクリスマスツアーとして一九九一年の十二月に上演された。この時の梅原家は七人家族で、清一郎の妹の清子という役があった。人数の都合もあって、再演以降は消えてしまったが。再演は一九九四年の十一月から一九九五年の一月にかけて。十一月は、宮沢賢治の生まれた場所で上演しようということで、岩手公演を行った。第一希望は花巻だったのだが、これは劇場の都合で盛岡になった。しかし、盛岡市内にある盛岡劇場は、かつて賢治もお客さんとして通った場所だった。そこで上演できたのはやっぱりうれしかった。

そして、この本に収録したのは、二〇〇一年の十一月から十二月にかけて行われる、再々演のバージョン。初演から再演へはかなりの書き直しをしたが、再演から再々演へはほとんど変更なし。この文章を書いているのは二〇〇一年の十月初旬。稽古が先週、始まったばかり。本番までに、科白はさらに変わっていくだろう。

『不思議なクリスマスのつくりかた』は、キャラメルボックスのクリスマス公演として、一九八八年の十二月に上演された。が、この作品は、僕が所属していた早稲田大学の演劇サークル「てあとろ50」の十二月公演として、一九八二年の十二月に上演された『キャラメルばらーど』が元になっている。『キャラメルばらーど』は、一九八四年の十二月にも「てあとろ50」で再演されている。その時の演出は、現キャラメルボックス・プロデューサーの加藤昌史。スヌーピーは当時、大学一年だった西川浩幸で、これは彼の生まれて初めての舞台だった。

キャラメルボックスという劇団名は、この『キャラメルばらーど』という作品の題名から取った。僕にとっては二作目だが、実質的には処女作だと思っている。つまり、僕はこの『キャラメルばらーど』で、僕の目指す方向性を発見したのだ。愚かだったとは言え、何もわかっていなかったとは言え、僕は見つけたのだ。「これだ」と思ったのだ。僕がやりたいのは、ファンタジーだと。

『キャラメルばらーど』が『不思議なクリスマスのつくりかた』になったのは、物語の舞台がクリスマスになったから。そのせいで、半分以上の科白が変わってしまったので、もはや同じ作品とは言い難い。『不思議なクリスマスのつくりかた』は、一九九一年の十二月に再演された。さらに、一九九六年の十一月から十二月にかけて、再々演された。この本に収録したのは、再々演のバージョン。これを読めば、僕がどんな作家なのか、キャラメルボックスがどんな芝居をやる劇団なのか、よくわかる。まさに原点と呼ぶべき作品だ。

十九歳まで、自分は天才だと思っていた。しかし、だんだん自信がなくなり、二十二歳にしてついに、自分には才能がないと確信した。それから十八年が経ち、僕は今でも芝居をやっている。ああ、僕は天才じゃない。でも、努力だけはしてきたつもりだ。そう、僕は努力家なのだ。これだけは、胸を張って言える。まあ、ときどきサボったりもするんですけどね。

二〇〇一年十月九日、四十歳の誕生日を迎えた次の朝、東京にて

成井　豊

『ブリザード・ミュージック』

上演期間	1991年12月1日～25日	1994年11月30日～95年1月22日	2001年11月1日～12月25日
上演場所	SPACE ZERO 新神戸オリエンタル劇場 シアターアプル	新神戸オリエンタル劇場 シアターアプル サンシャイン劇場 札幌市教育文化会館 盛岡劇場 仙台市青年文化センター 〈シアターホール〉	りゅーとぴあ　新潟市民 芸術文化会館・劇場 新神戸オリエンタル劇場 サンシャイン劇場

■CAST

梅原清吉	西川浩幸	西川浩幸	西川浩幸
ミハル	大森美紀子	大森美紀子	小川江利子
釜石	近江谷太朗	近江谷太朗	岡田達也
久慈	上川隆也	岡田達也	細見大輔
北上	坂口理恵	坂口理恵	坂口理恵
水沢	津田匠子	津田匠子	岡田さつき
一関	伊藤ひろみ	伊藤ひろみ	中村亮子
清一郎	佐藤吉司	篠田剛	篠田剛
妙子	中村恵子	中村恵子	大森美紀子
あゆみ	真柴あずき	真柴あずき	前田綾／岡内美喜子
ますよ	岡田さつき	岡田さつき／関根麻美	藤岡宏美／大木初枝
ふなこ／ふなひこ	町田久実子	菅野良一	佐藤仁志／畑中智行
清子	石川寛美		
鮫島金四郎	松野芳久	今井義博	工藤順矢 （TEAM 発砲・B・ZIN）

■STAGE STAFF

演出	成井豊	成井豊	成井豊
演出助手	相良佳子		石川寛美，大内厚雄
美術	福島正平	キヤマ晃二	キヤマ晃二
照明	黒尾芳昭	黒尾芳昭	黒尾芳昭
音楽			ZABADAK
音響	早川毅	早川毅	早川毅
振付	松山清美	川崎悦子	川崎悦子
照明操作	橋本和幸	熊岡右恭，大島久美 勝本英志	熊岡右恭，勝本英志 藤田典子
スタイリスト	井上よしみ	小田切陽子	丸山徹
衣裳	BANANA FACTORY	BANANA FACTORY	BANANA FACTORY
ヘアメイク			武井優子
大道具製作		C-COM	C-COM，㈲拓人
小道具	きゃろっとギャング 篠原一江	きゃろっとギャング 菊地美穂，増田剛 大畠利恵	酒井詠理佳
舞台監督助手		田中里美	酒井詠理佳
舞台監督	村岡晋	矢島健	矢島健

■PRODUCE STAFF

製作総指揮	加藤昌史	加藤昌史	加藤昌史
宣伝美術	GEN'S WORKSHOP	GEN'S WORKSHOP ＋加藤タカ	
宣伝デザイン	ヒネのデザイン事務所 ＋森成燕三	ヒネのデザイン事務所 ＋森成燕三	ヒネのデザイン事務所 ＋森成燕三
写真	伊東和則	伊東和則	伊東和則，山脇孝志
企画・製作	㈱ネビュラプロジェクト	㈱ネビュラプロジェクト	㈱ネビュラプロジェクト

『不思議なクリスマスのつくりかた』

上演期間	1988年12月17日～25日	1990年12月5日～25日	1996年11月21日～12月25日
上演場所	新宿シアターモリエール	新神戸オリエンタル劇場 シアターアプル	メルパルクホール福岡 新神戸オリエンタル劇場 赤坂BLITZ
■CAST			
チャーリー・ブラウン	大森美紀子	大森美紀子	大森美紀子
スヌーピー	西川浩幸	西川浩幸	西川浩幸
ルーシー	津田匠子	遠藤みき子	坂口理恵／岡田さつき
シュレーダー	原田匡人	近江谷太朗	岡田達也／今井義博
サリー	真柴あずき／渡辺宏美	伊藤ひろみ	真柴あずき
ライナス	小栗真一	上川隆也	細見大輔／菅野良一
ペパーミント・パティ	中村恵子／横倉のり子	中村恵子	明樹由佳／中村恵子
マーシー	伊藤ひろみ／成瀬さとみ	石川寛美	石川寛美／前田綾
■STAGE STAFF			
演出	成井豊	成井豊	成井豊
演出助手			白坂恵都子
美術	福島正平	福島正平	キヤマ晃二
照明	黒尾芳昭	黒尾芳昭	黒尾芳昭
音楽		KENT	吉良知彦
音響	相沢えり子	早川毅	早川毅
振付	まつみやいづみ	まつみやいづみ	川崎悦子
照明操作	菅野裕士	KIDS	勝本英志，立崎聖
スタイリスト			小田切陽子
衣裳	BANANA FACTORY	BANANA FACTORY 井上よしみ，砂原あい 小林めぐみ	BANANA FACTORY
大道具製作			C-COM，オサフネ製作所
小道具	きゃろっとギャング	きゃろっとギャング 成瀬さとみ	きゃろっとギャング 篠原一江，大畠利恵 高橋正恵
舞台監督助手		松野芳久，佐藤吉司 今井義博	桂川裕行
舞台監督	高橋麻衣子	村岡晋	村岡晋，矢島健
■PRODUCE STAFF			
製作総指揮	加藤昌史	加藤昌史	加藤昌史
宣伝美術	GEN'S WORKSHOP	GEN'S WORKSHOP	GEN'S WORKSHOP ＋加藤タカ
宣伝デザイン		ヒネのデザイン事務所 ＋森成燕三	ヒネのデザイン事務所 ＋森成燕三
写真		八木直人，祇園幸雄	伊東和則
企画・製作	NEVULA PROJECT	NEVULA PROJECT	㈱ネビュラプロジェクト

成井豊（なるい・ゆたか）
1961年、埼玉県飯能市生まれ。早稲田大学第一文学部文芸専攻卒業。1985年、加藤昌史・真柴あずきらと演劇集団キャラメルボックスを創立。現在は、同劇団で脚本・演出を担当するかたわら、ENBUゼミナールで演劇の授業を行っている。代表作は『ナツヤスミ語辞典』『銀河旋律』『広くてすてきな宇宙じゃないか』『ハックルベリーにさよならを』『さよならノーチラス号』など。

CARAMEL LIBRARY Vol. 7
ブリザード・ミュージック

2001年11月10日　初版第1刷発行
2015年2月20日　初版第2刷発行

著　者　成井　豊
発行者　森下紀夫
発行所　論 創 社
東京都千代田区神田神保町2－19　小林ビル
振替口座　00160－1－155266　電話03（3264）5254
組版　ワニプラン／印刷・製本　中央精版印刷
ISBN4-8460-0292-6　©2001 Printed in Japan
乱丁・落丁本はお取り替えいたします